Lya Luft | *O ponto cego*

Lya Luft

O ponto cego

5ª edição

EDITORA RECORD
RIO DE JANEIRO • SÃO PAULO
2004

CIP-Brasil. Catalogação-na-fonte
Sindicato Nacional dos Editores de Livros, RJ.

	Luft, Lya, 1938-
L975p	O ponto cego / Lya Luft. – 5ª ed. – Rio de
5ª ed.	Janeiro: Record, 2004.
	ISBN 85-01-06608-7
	1. Romance brasileiro. I. Título.
	CDD 869.93
03-0223	CDU 821.134.3(81)-3

Projeto de capa: Evelyn Grumach
Projeto gráfico: Evelyn Grumach e Carolina Ferman
Ilustração de capa: pintura de Lena Bergstein

DISTRIBUIDORA RECORD DE SERVIÇOS DE IMPRENSA S.A.
Rua Argentina 171 • 20921-380 • Rio de Janeiro, RJ • Tel.: 2585-2000

Impresso no Brasil

ISBN 85-01-06608-7

PEDIDOS PELO REEMBOLSO POSTAL
Caixa Postal 23.052
Rio de Janeiro, RJ – 20922-970

Para ISABELA,
bela

Num fino traço
faço o perfil de ninguém.
Quem quer ser alguém
nessa vida sombria
parida com sangue e papel?
Mas no círculo que traço,
nariz, cinco dedos na ponta do braço,
donzela esguia ou boneco de engonço,
limito um novo ser: e me abraço
a mim, no poder de gerar um sinal
que instaure no nada o todo possível.

Quem faz de nós reis, deuses, réus
da nossa eterna contradição?
No texto que faço
separo o nada do nada:
abro o espaço
da minha interrogação.

Mulher no palco, 1984

O ponto cego é um fenômeno da visão humana segundo o qual, conforme convergência e refração, pode-se ver o que habitualmente permanece oculto: a possibilidade além da superfície, o concreto afirmado na miragem. Assim eu inventei, assim eu decretei, assim é.

Sumário

1 *História de Mãe e de Menino*

Mãe! Chamaremos agoniados.
Reunião de família, 1982

Eu que invento e desinvento, eu que manejo os cordéis, eu decidi parar de crescer. Foi quando minha Mãe não procurou logo por mim naquele nosso jogo. Dessa vez ela não entrou na brincadeira: não se interessava mais.

Isso foi antes de recebermos a visita que faria saltar dos espaços brancos tudo o que lá se ocultava.

Minha Mãe foi-se cansando de mim, da nossa cumplicidade. Ou da vida que levava. Sabia que havia rumos a decidir e restava-lhe menos tempo para minhas constantes necessidades, pois eu a exigia muito — e ela se exigia o tempo todo.

Talvez ninguém seja culpado: meus cálculos podem ter dado errado, minhas manobras falharam, o devorado era o que devia ficar inteiro, e o sobrevivente foi aquele que deveria ter sido engolido.

Notando o desinteresse dela, disfarçado mas real, e do qual talvez nem ela se desse conta, pensei que se ficasse para sempre pequeno eu teria mais chances: o que resta a uma Mãe senão cuidar do seu Menino?

Além do mais, sendo adulto eu perderia a minha perspectiva, as possibilidades de inventar se afunilariam e se fechariam as portas daqueles corredores.

Eu não queria ser como meu Pai que pensa que tudo controla mas deixa escapar o essencial. Então tomei a minha decisão.

Meu corpo obedeceu quando eu o reprogramei; mas não como fora planejado. Parou, mas não de todo; e não se sustou direito. Em algum momento errei a fala, fugi do roteiro, botei fora o papel pensando que era indispensável. Estranhas mudanças começaram a acontecer em mim — essas que nem eu entendo mas sofro.

Cada dia sinto que fiquei alguns milímetros diferente. Um pouco maior? Menor ainda? A pele muda de textura, tudo me dói. Se, ao contrário do que projetei, eu continuar crescendo mas minha pele não esticar? Se ela rachar e se fender... se eu explodir?

O que vai ser de mim? Eu me pergunto isso todos os dias, uma porção de vezes. O que vai espirrar nas paredes, o que vai-se derramar no chão: a merda ou o sonho?

O tempo que rói e corrói precisa ser reinstaurado, quem conta histórias pode sobrepor muitas camadas de imaginário e real pois sabe que os limites são tênues, e poderosa a liberdade com todos os seus perigos.

(*É isso que eu faço. Eu manejo as minhas criaturas, invento e desinvento, e faço acontecer.*)

•

Esta é a história de um Menino e da Mãe do Menino: uma história de muita sombra. História de desvãos, do embaixo do debaixo, do secreto. Narração de olhares, de um olhar. História de invocações.

Na trama da minha vida, sei que a Mãe preferia o Menino, mas o Pai queria era a irmã do Menino, bem mais velha. Era ela o futuro, era o homem, herdeira da força, dos desejos e projetos, a futura diretora das empresas. Ela ia com o Pai, visitava com ele o escritório e as fábricas onde havia um capacete adaptado à sua delicada cabeça. A menina dos olhos do Pai, diziam.

Eu, Menino, nasci bem depois, enfezado e prematuro, de cabeça grande no corpo magro, muito sem graça.

O Pai parece perplexo:

O que é que a gente faz com esse Menino? — pergunta às vezes à minha Mãe.

Ou:

— Nunca sei direito o que fazer com ele. Tão diferente, tão esquisito.

— É o jeito dele, deixa a criança em paz, daqui a pouco ele se recupera e fica um homão feito você.

Sei que no silêncio ela pensava: Ou ficará sempre do jeito dele mesmo, alguém fora do padrão, alguém especial — o Menino de sua Mãe.

E me dizia que eu era especial para ela, o filho sonhado, desejado:

— Você foi o filho da minha maturidade, que eu tanto quis. Você foi a minha alegria renovada.

•

Algumas das coisas que vou contar aqui eu vi e vivi; de muitas suspeitei, apanhei soltas no ar, meu coração as escutava soprando nas frestas. Outras, ainda, as pessoas revelaram sem saber.

Sempre há quem se exponha àquele que finge não escutar nada atrás das portas e não enxergar muita coisa lá da sua perspectiva. Personagens arrastam-se de longe: nunca acabaram de ser narradas por isso não conseguem morrer, e querem que eu as convoque.

Não cessam; murmuram nas dobras da cortina; querem voltar, querem viver. Sabem que posso desatar os nós que as prendem e as soltar na sombra — como balões iluminados.

Eu simplesmente fui reunindo mentiras e testemunhos: pois o que passou e o que está por vir e o que jamais aconteceu, paira no ar como a voz do mar continua depois que o fundo de areia se transformou num perfumado capim, riachos e cavalos, e pessoas com seus destinos desde sempre escritos.

Mas a verdade que eu quero contar, essa que circula no meu sangue e transuda de minha pele, é a história de duas pessoas que foram engolidas pelo seu olhar: um olhar infinito e interminável, viajante certeiro.

Um olhar fatal.

E de um cavalo cor-de-mel cujas patas varavam a noite, e um dia levaram alguém para onde não tem o *sim* nem o *nada*.

No preto e no branco, esta é a narrativa de como tentei manipular o tempo e afinal ele armou para mim uma armadilha mais eficiente do que a minha malícia.

Se eu era o definido precário, minha Mãe era a força negada: trazia entalada na garganta a pedra de sua própria anulação. Meu Pai tinha direito ao espaço: o melhor lugar à mesa, a maior poltrona na sala, a força e a ordenação.

As pessoas o temiam; eu também. Minha Mãe, por alguma razão nebulosa, sempre se submetia. Era mais inteligente do que ele, mais perspicaz, mais agradável, muito mais estimada. Porém sempre se esforçava por falar menos que ele nas reuniões e visitas: procurava a indefinição. Quando os dois discutiam, minha Mãe cedia: olhava para o lado, amaciava a voz, procurava as palavras que não o irritassem. Mesmo podendo vencer ela queria perder. Perder era o seu conforto. Outras vezes, calava: olhava um ponto longe e ali se interrogava.

(*Um dia ela iria transbordar das beiras de si mesma, e eu teria preferido não estar presente.*)

Embora sendo uma rainha, minha Mãe se curvava. Medo de ficar sozinha com este filho desenquadrado, medo de tomar decisões quanto ao seu destino — muito mais difíceis do que as que tomava no trabalho? Que anistia minha Mãe precisava se dar para viver inteira?

Comentando suas vitórias nos negócios meu Pai só dizia:

— *Eu* decidi.

Eram de minha Mãe as empresas, herança de seu pai, e sendo filha única era realmente a dona. Mas o mando era do marido, eram dele a voz poderosa, o passo determinado, o aparente poder.

Algumas vezes quando traziam papéis para trabalhar em casa, ele brincava chamando-a de "Senhora diretora", ou "Minha linda patroa". E inclinava-se para ver alguma coisa no computador pequeno que ela abria sobre a mesa de jantar. Um casal feliz?

Um casal com segredo e descompasso. Um par sem alegria.

Não era muito bonita a minha Mãe, grande e tranqüila por fora. Tudo nela era aquela mirada cinzenta e distraída. Quando olhava um ponto qualquer sem nada ver, eu queria embarcar também — mas não havia espaço. Isso me dava muita angústia e amor.

Quem sabe ela se questionava: Minha dívida é tão grande assim? Quanto terei de pagar — quanto realmente desejo pagar?

Depois o seu olhar voltava para mim, me chamava, ria e brincava — e era o paraíso. Os olhos de minha Mãe eram o meu paraíso, e foram a sua perdição.

Para sempre sete anos — esse número é o mais bonito: são sete os patamares, sete os pecados e sete os mares, sete a conta do mentiroso, gatos dourados têm sete vidas, bela é a lua sobre o campo quando a morte começa a desdobrar as asas.

Meu Pai precisava controlar tudo e todos; sobretudo essa que era a sua mulher. "Minha mulher", dizia em voz firme, falando dela ou quando a apresentava. Dizia:

"Minha mulher não faz isso", "minha mulher não freqüenta esses lugares", "isso é coisa de minha mulher".

Mas a posse o mantinha preso. Sendo o forte, na propriedade estava a sua fraqueza.

Só depois que tudo aconteceu, e que esta história foi desenrolada até quase o final, compreendi que sua insegurança o fazia agir assim; por medo queria conformar as coisas todas segundo sua vontade.

(*Meu Pai também carregava a sua dor.*)

Quando estavam separados, telefonava a toda hora para minha Mãe como se quisesse verificar que a ordem de sua vida não fora infringida. Quando estavam juntos, não tirava dela o seu único olho azul, conferindo: era tudo ainda como sempre, ela não se desviara dele, da sua vontade e da sua determinação?

Se minha Mãe lia quieta num canto ou simplesmente ficava sentada sem fazer nada, observava-a calado e sombrio como se quisesse analisar cada um de seus pensamentos.

Ela se queixava para minha Avó, que nesse tempo ainda não estava muito doida:

— Não estou agüentando mais. Ele nega mas quer me controlar, se pudesse comandava meu pensamento. Até no trabalho me vigia com aquele seu olho. Não consigo mais respirar!

Minha Avó pousou na filha o olhar crítico:

— Você perdeu sua chance aquela vez. Aí ainda podia mudar a sua vida. Mas agora, com dois filhos, e já perto da meia-idade...

Olhou depressa para mim para ver se eu estava prestando atenção, mas eu fingia montar um brinquedo. Sabia que "aquela vez" era um assunto proibido, uma porta perigosa.

Minha Mãe suspirou:

— Não sei, não sei mais nada. — Ergueu os ombros e deixou cair, um gesto de desesperança. — Talvez você tenha razão: trocar o que tenho pelo duvidoso?

•

Eu vi, atrás das portas e do alto das escadas, eu vi: quando havia mais gente, sempre que minha Mãe ficava alegre e falava alto ou alguém a elogiava, ele a abraçava, beijava na boca. Outros casais ali não faziam isso; ele insistia. Minha Mãe se desviava sorrindo, tentava fazer parar, acho que encabulava. Vendo-se contrariado ele ainda a puxava para que sentasse em seu colo, e eu, atento atrás da porta quando todos pensavam que dormia no quarto, eu via, via no rosto dela a expressão de repulsa e de sufocamento.

Meu Pai a iria perder por prendê-la tanto. Do meu ponto

de vista pude enxergar isso e muito mais. Pois há esse lugar em que não se vê o trivial nem o concreto, mas o atrás e o avesso.

(*Sabendo que eu também a perderia, nessa hora senti pavor.*)

•

Descansa em paz Letícia, filha amada, estava escrito numa pedra do cemitério onde fui outro dia com minha Mãe.

Eu sei que letícia significa alegria, foi minha irmã quem me disse, e disse:

— Ela era a filha querida do Papai, nasceu antes de você, antes de mim, mas morreu. Ficamos nós dois, eu e você, monstrinho. Melhor pra mim que ela morreu, agora eu sou a preferida! — acrescentou já se afastando, e sua risada cortou o ar como uma fina fria faca.

— Você não tem pena dela por ter morrido? — perguntei. Ela se deteve, impaciente:

— Eu nem lembro dela direito, era pequena demais. Morreu, acabou, o que é que tem?

E saiu, plena de sua vitória e de sua afirmação.

Ser a predileta do Pai era absoluto, um valor absoluto em nossa casa. Ser o predileto da Mãe não importava tanto: embora minha Mãe fosse a dona, era menos que meu Pai.

•

Ela estava muito calada durante o trajeto, e pareceu triste quando botou flores no vaso de pedra. Então ali estava enterrada a alegria dela e de meu Pai.

Perguntei:

— Você gostava muito dela?

Ela me fitou surpresa mas sorriu:

— Claro meu filho, era minha filha, como sua irmã, como você. Morreu tão menina, tão de repente.

Fora obra de um tumor na cabeça, um veloz devorador. Meu Pai não saía do lado dela no hospital, e quando ela morreu ele gritava tanto que se ouvia pelos corredores. As Tias me contaram tudo, com elas era fácil descobrir coisas: bastava destapar o fosso com alguma pergunta inocente, e despejavam relatos da vida dessa família na qual ocupavam um lugar tão reduzido. Mas era o lugar que tinham.

Como eu, sendo desimportantes podiam observar melhor. Minha Mãe, mesmo tendo perdido a filha de seu ventre, levara meses, anos, para ajudar o marido a se recuperar. Ele se agarrara desesperadamente à filha que sobrara.

Eu só ia nascer bem depois disso, estrangeiro e tardio: o lugar especial fora ocupado.

Quando penso no sofrimento dele com aquela morte quase tenho pena, e chego a prometer a mim mesmo nunca mais escrever "letícia" no espelho do corredor, nem murmurar entredentes "alegria, alegria" quando ele passa por mim .

Mas não sou bom cumpridor do que prometo.

•

Não há na casa toda um só retrato dessa menina morta. Dizem que meu Pai não suportaria a dor. Queimou, rasgou, destruiu todos os sinais dela em torno quando ela morreu. Nem um vestidinho sobrou, nem um sapato. Ele nunca mais pronunciou seu nome. A palavra alegria foi banida de nossa casa.

Mas minha Mãe guarda coisas da filha escondidas no fundo de gavetas: tristes amarelados objetos dessa que não a deixaram amar direito. Às vezes quando ninguém vê eu vou até lá pego entre esses restos uma fotografia, e fico olhando.

Quero conhecer essa menina, quero conversar com a alegria que meus pais perderam. Sozinho no escuro consigo chamar quem eu quero: mas essa aí não vem com facilidade.

A foto mostra uma criança sentada num banquinho, livro de figuras aberto no colo. Mas não olha o livro: olha para nós que a contemplaríamos no futuro, e ri. Olhos claros, no cabelo uma fita como uma borboleta assustada.

Parece um anjo no alto de uma escada, cabelo crespo igual ao meu. Mas o meu sempre mandam cortar curtinho: meu Pai não quer saber de filho com cara de menina, além do mais essa semelhança o assusta. Essa, eu sei, é uma das coisas perigosas da minha vida.

Como se sentirá quem a gerou e pariu, cuidou dela e amamentou, e criou e amou no espaço que sobrava, na estreita beira que meu Pai lhe permitia — e de repente a perdeu para a coisa Inominável?

Em que medida meu Pai, o dono da criança, teria acusado a mulher por essa perda? Com que impossibilidade de perdão ela mesma se culpava?

Sempre que vou para frente de um espelho, é a outra criança que me encara.

(*É assim o tempo: devora tudo pelas beiradinhas, roendo, corroendo, recortando e consumindo. E nada nem ninguém lhe escapará, a não ser que faça dele seu bicho de estimação.*)

•

Quando meus pais me olham com seus três olhos, dois cinzentos e um azul, quem sabe também vêem a sua letícia morta e por isso não sabem como me tratar? Sou bem parecido com ela, pedacinhos do rosto e os olhos continuam em mim. Isso muito incomoda meu Pai, que queria a outra, a enterrada, a primeira. Talvez enterneça minha Mãe e por isso ela goste de mim do jeito que sou, pouco e diferente. Nem ao menos sou bonito, sei que não sou porque a gente escuta os adultos falarem.

— Estranho, ele. Não tem a beleza da outra, embora seja muito parecido — alguém comentou.

— Mas é simpático, ele tem carisma e é muito inteligente! — disse minha Mãe, parecendo orgulhosa.

•

Ele sempre quis uma filha. Quando todo homem quer menino, ele queria filha mulher. E vendo a criança pela primeira vez fez a sua escolha. Não importava quantos bebês viessem depois, essa era dele. Talvez quisesse inventar para si uma criatura.

Decretou:

— Vai se chamar Letícia. Vai ser a alegria de minha vida.

Minha Mãe pensara em outros nomes, mas na hora de escolher nem foi consultada.

Quando algum tempo depois outra menina nasceu ele não lhe deu importância. Seu coração feroz estava ocupado. Porém quando a morte lhe roubou a preferida, recuperando-se ele se voltou para a que tinha sobrado.

Talvez por ódio, para vingar-se da morte, talvez por medo — ou por não saber o que fazer com o inútil amor em que agora se enredava como em panos soltos — mais uma vez meu Pai escolheu: É essa, essa aí, agora ela vai desempenhar esse papel.

E amou a substituta com um entranhado amor que excluía até mesmo minha Mãe. Nela tinha sua esperança, nela plantava seus sonhos, fechava-se com ela num círculo de predileção.

Nossa casa girava em torno de minha irmã: suas qualidades, sua força, seu futuro — que ele já estava traçando.

Minha Mãe pedia:

— Por amor de Deus, deixa essa menina em paz, ela ainda é muito nova para falar em futuro e em profissão. Não é hora de tomar decisões desse tipo.

Meu Pai desdenhava:

— Está quase entrando na Faculdade, o que você quer?

E os dois riam dela, entendiam-se como se fossem irmãos, o Pai e sua menina.

Eu nem entrava em jogo nenhum: eu era o sapo na beira do poço. Nisso residia a minha liberdade?

Minha Mãe então ficava calada. E voltava-se para mim, nascido quando o amor começava a endurecer dentro dela como um fruto petrificado que então se abriu — e ainda havia mel no fundo. Seu amor se derramou sobre mim, forte e grudento, e doce também. Era tudo o que eu tinha, eu que não possuía nada.

(*Mas não fui uma escolha: fui o que sobrou depois do nada.*)

Em família, sem dizer nem combinar a gente determina quem são os maus, quem são os bons. Prende neles os rótulos e todo mundo acredita: eles também.

Minha Mãe tinha de ser a boa. Aquele era o seu papel. Meu Pai era dos maus. Ele manejava o poder. Minha irmã era uma invenção dele, a personagem. Minha Avó era a doidinha. As Tias contavam menos do que os outros. E não havia mais ninguém.

Pois uma menininha morta muitos anos atrás representava o fracasso e a perda. Por isso meu Pai parecia havê-la esquecido. Diziam que nem uma vez nesses tantos anos foi ao cemitério.

Assim pensava enganar a morte.

Todo mundo recebe o seu papel ao nascer, e antes de nascer. Desempenhá-lo bem é uma das muitas artes da vida. É preciso compartimentar: aqui ser feliz, ali desgraçado; com essa pessoa ser eu, com a outra ser inventado; aqui vestir um traje, ali virá-lo do avesso. Compartimentar para perdurar.

(*Eu não era nem bom nem mau: eu estava de fora.*)

•

Eu sou o que deixaram sob o tapete, o que à noite se esgueira pelos corredores chorando. Sou o riso no andar de cima muito depois que uma criança morreu. Sou o anjo no alto da escada de onde alguém acaba de rolar. Sou todos os que chegam quando ninguém suspeita: saem de trás das portas, das entrelinhas, do desvão.

As pessoas não descobrem, apenas desconfiam. Viram a cabeça um pouco, lançam um olhar disfarçado, mexem-se na cadeira. Ou continuam dormindo, boca entreaberta e corpo encolhido sob os lençóis. Algumas, entrelaçadas pernas e braços. Eu gosto disso, de me infiltrar sem ser esperado, sem ser visto.

Eu sempre estive lá: sei muito a respeito de todos eles, sei quase tudo. Menino, anão, gnomo: um ouvido, uma grande orelha, um olho enorme de pálpebra semicerrada como quem não quer nada, como quem nem quer ver. Mas pela visão o mundo entra e sai, e se armam todas as cenas, as narradas e as reprimidas: essas, florescerão.

Não há saída, não há como escapar de quem assim contempla e controla e trama. Isso devia assegurar a minha vitória.

•

A Mãe que me seguia com seu amor e me perseguia com seus cuidados, sempre que tinha tempo jogava comigo o jogo de esconder. Aqueles eram os meus momentos mais felizes: ficava provado o quanto ela precisava de mim. Para me ocultar, no sítio havia o armário embaixo da escada, onde se guardavam as coisas inúteis. Esse era meu lugar. Só uma aberturinha no alto, quase-escuro. Sempre gostei da sombra: nela sou livre.

Onde não há nenhum canto bom para me enfiar, levanto em torno de mim paredes de ar. Fico parado no meio da sala, quietinho, fecho os olhos com força, quase nem respiro. Chamo: "Pronto!" e minha Mãe anda ao redor fingindo não me ver. Ela me procura, procura por mim preocupada, onde está o meu Menino, onde está? De repente me agarra, me abraça com força e a gente dá risada.

Para mim teria bastado. Mas não sei se bastava para ela.

A Mãe que me validava ainda não se descobrira. A Mãe que confirmava o lugar de todos nós não sabia de si. Eu era um menino inventado por sua Mãe?

De vez em quando, distraída, calculando o montante de sua dívida e a possibilidade de não mais pagar, ela errava no jogo. Mais tarde, levada na maré dos olhares de quem mesmo não estando a seu lado estava dentro dela — mais que filho — desistiria inteiramente de mim?

Sem saber, ou para me ajudar, minha Mãe me revelou caminhos e artimanhas.

Perguntei:

— Mãe, onde estão essas pessoas, onde acontecem essas histórias que você me conta?

— Sempre que não entendo um fato ou ele me assusta, invento histórias a respeito dele, e são as que lhe conto.

— Esse cavalo cor-de-mel de que você às vezes fala, esse cavalo existe?

— Tudo existe. Tudo o que a gente inventa existe, se a gente quer, existe lá no seu mundo, do seu jeito.

E ainda disse:

— Podemos inventar qualquer coisa que nos dê alegria, que nos ajude a escapar. Um amigo, um cavalo, um caminho.

Eu quis perguntar do que ela escaparia e para onde, mas tive medo da resposta e não indaguei. Sempre foi mais prudente inventar perguntas do que escutar respostas.

Dizendo essas frases minha Mãe tinha um estranho olhar, como se soubesse muito bem o que queria: encontrar a hora e o motivo de dizer *não* e *sim*.

Ela podia buscar consolo em suas fantasias. Eu tinha mais que isso: podia fazer o cavalo existir *de verdade*. Bastava eu o criar para mim, tirar assim do nada, do vento, como quem desenha no papel: ele começava a nascer. Erguia a curva da cabeça, espiava com o grande olho, esticava o flanco, mexia as patas fatais.

As histórias de minha Mãe eram o meu conforto. Depois que ela me perdeu, o cavalo cor-de-mel seria a minha salvação.

Tudo isso é um jogo. Um jogo muito perigoso.

(*Por isso um dia um visitante montou no cavalo do tempo e galopou — e ficou desaparecido.*)

•

Não vou crescer mais que isso. Não quero ser adulto como esses com suas vidas regradas, podadas, abortadas. Não quero ter de viver só no que se delimitou como sendo o real.

Não quero perder as minhas asas, por isso não vou crescer — apenas me desenrolar. Assim me infiltro em todas as fendas. Assim caibo em toda parte e ninguém desconfia de mim. Continuam pensando que criança é inocente para sempre amém.

Essa é a minha grande vantagem.

Eu sou o narrador, e não preciso de platéia. Sou o espreitador, e não preciso olhar de frente. Vago pelos corredores e subo nos telhados, entro nos quartos, desço as escadas, limpo um canto de jardim — mas preservo o enigma.

Esse é o meu divertimento. Eu gosto do embaixo, do debaixo, do escuro. Meu lugar é onde se represa o tempo e a minha vontade se exerce.

Ali todos estão para sempre, e me olham e se olham, partes da mesma interminável história de cada pessoa, na qual importa o sonho e a vigília é nada.

A tão antiga morte foi a fonte da dor?
Qual a fonte da dor? As fontes da dor.
Quem culpava a quem, quem se
submeteu por achar-se culpado?

Minha Mãe não parece ter uma vida sua: vive a dos filhos e a de meu Pai. Que dívida terá com ele, que a faz girar nessa perpétua dança das mulheres em torno dos homens a que precisam servir?

— Traga o pão! — eles dizem.

— Limpe isso! — pedem.

— Apronte-se que vamos sair! — comandam.

E correm, as mulheres: muito além do amor e da delicadeza, estão sempre querendo agradar, impelidas, mais que pelo carinho, por algum medo sorrateiro.

Minha Mãe nem tem amigas dela, só as mulheres dos amigos do marido. Não sai de perto dele, não consegue compartimentar: Isso sou eu, isso é você. Como se ele lhe tivesse dado no primeiro dia a condição:

— Se você me entregar a sua vida inteira eu lhe deixo um pequeno espaço dentro do qual poderá optar. Mas comigo você sempre optará por dizer *sim*. Pois essa é você.

Era como se então ela tivesse dito: sim, *simsimsim*.

•

Estou deitado na rede no terraço dos fundos da casa, no sítio. Começa a escurecer, e nessa penumbra há uma iminência, um aviso: algo vai acontecer.

De repente, vindo de longe, um rumor. O vento se desenrola poderoso, e aquele lamento me fere tão fundo que todos os pelinhos de meus braços e as raízes dos cabelos em minha cabeça ficam de pé, a pele se arrepia mas não é o vento frio: é a sensação de um mar levado que insiste em retornar.

Isso eu entendo. Esse é um dos meus segredos. Essas são as minhas posses, que nada nem ninguém pode revogar.

•

Com a matéria da minha solidão fabriquei um amuleto, um objeto mágico. De mentira ou de verdade, que importância tem? O que eu imagino se abre para mim sem restrições nem limites.

Começou com um simples traço da caneta dourada que ganhei de minhas Tias. Num estojo estreito, duas canetas. Uma escrevia em prata, outra em ouro. Guardei-as para desenhar.

— Que lindo, meu filho! Um gatinho!

Eu tinha rabiscado algumas curvas sem destinação, mas olhei melhor e também vi: lá estava, lá se oferecia no espaço vazio, meio de perfil, dorso sensual, cauda esboçada. Aos poucos acrescentei as orelhas pequenas, firmei a posição desdenhosa assim de costas, e lhe conferi a sua verdade de gato.

Ali eu invocava quem assumiu sua realidade fora do papel e dentro de meu sonho, e existe e é concreto e me faz companhia — pois não depende de hora ou lugar.

É um gato dourado que ninguém mais tem. Está sempre de costas e olha longe, quase por cima do ombro — nunca sei quando vai olhar para mim. É triste, esse gato. Solitário, esse gato. Cheio de alegrias contidas, esse gato. Fita algum mistério que eu persigo fascinado, pois tem a ver com minhas histórias.

Não nos devemos nada, esse meu gato e eu. Ouvimos o silenciado, sentamos na beirada e ninguém mais vê o que nós vemos. Ele sabe que nunca vou lhe fazer mal: não vou querer prender nem domesticar. Sua liberdade eu curto, sua elegância eu vejo, sua dor eu entendo: é aquele a quem quero dar doçura e riso.

E quando ele sai de sua casa dourada e vem, somos um para o outro a alegria.

•

Minhas Tias, na verdade minhas tias-avós porque são irmãs da mãe de meu Pai, uma avó que eu nunca conheci, vêm seguidamente nos visitar. Só nunca vão ao sítio porque lá tem muito sol, vento e bichos. São da cidade, as Tias, são delicadas, pensam em si mesmas como as meninas que foram há muito tempo.

A gente chama elas de "As Tias", e eu nunca soube o nome de cada uma, não importava: são todas parecidas, todas mais ou menos da mesma idade, todas solteiras. Roupas antiquadas, cabelo pintado de amarelo preso com grampos, às vezes com uma faixa bem escura junto da raiz, e Mamãe sugere:

— Está na hora de pintar o seu cabelo naquele louro bonito... não é?

As três concordam, dão risadinhas, é mesmo, é mesmo... velhas bonecas que alguém esqueceu de guardar.

De vez em quando almoçam com a gente, falam muito, riem muito, cheias de segredinhos. Adoram o Papai a quem chamam de sobrinho, e que se diverte com elas. Nesses momentos ele não é tão sério, tão controlador. Com as Tias tudo é tão sem solução que não adianta querer ordenar: estão fora de qualquer avaliação dele. Então ele se solta e parece mais natural. Não exige nada de si mesmo quando está com elas.

Um dia fizeram a pergunta besta que todo mundo faz:

— O que você quer ser quando crescer?

Pensei um pouco, e respondi:

— Eu quero ser anão.

Primeiro todo mundo se calou. Depois começaram a dar risada, as três acharam uma graça enorme. Respondi a verdade porque gosto delas. Para as outras pessoas normalmente digo que quero ser bombeiro, polícia, salva-vidas, cientista, todas essas bobagens que as crianças devem dizer.

— Ai que amor, ai que amor — disseram as Tias a uma só voz, e se retorciam todas de tanto achar graça naquilo. E levantaram-se as três e vieram atrás de minha cadeira e me deram beijos na cara. Eu deixei.

(*Só meu Pai não teve nenhuma vontade de rir.*)

Sempre tive o maior interesse por elas. Pois as três são uma só, que por mágica se divide e assim se diverte mais, vive mais, e não fica tão sozinha. Elas são a sua própria companhia. Meus pais comentam que são como crianças. As três se bastam: quase não saem de casa, vão juntas ao mercado e ao cinema, e ao cemitério onde descansa a alegria.

Quando uma delas morrer as duas outras vão continuar por aqui — ou será revelado que são uma só, um só corpo será achado na velha casa numa rua sem saída? Vão achar um corpo só e as outras duas nunca mais hão de aparecer?

Sei disso e elas sabem que sei, e sabem muitas coisas mais, bebendo seu vinho e trocando olhares e risadinhas por cima da mesa onde mal aparece a minha cabeça grande.

Um dia disseram:

— Por que nunca chamam essa criança pelo nome, só chamam de Menino? Um nome tão bonito, o dele!

•

Uma das Tias há muito tempo quis romper a fechada ciranda e resolveu se casar. Moravam juntas desde sempre, tinham uns cinqüenta anos, parecia impossível uma delas sair daquele triângulo. As outras duas protestaram, choraram, reclamaram, mas nada adiantou.

A traidora comprou vestido novo, soltou o cabelo desbotado, endureceu os peitos, achou-se bonita e se foi com seu amado. Viveu com ele pouco tempo. Voltou para casa magra e doente e doída, pois o amado só lhe tirou dinheiro e a enganava com qualquer uma, e por fim a largou como se fosse um trapo.

As duas outras a receberam com a maior felicidade. A vida estava recomposta. Cuidaram da que voltara como se cuida de filha, fizeram festas e agrados, deram comida na boca, chamaram médico. Depois de muitos dias e muitas noites deitada na cama de solteira, rosto virado para parede, ela suspirou, levantou-se, esfregou os olhos, tomou banho, prendeu o cabelo com dois grampos como antigamente, e anunciou:

— Estou de volta.

E se abraçaram as três e riram muito, e viraram novamente as meninas. Falam ao mesmo tempo, dão as mesmas risadas, usam as mesmas roupas, e controlam uma às outras. Alheias como minha Avó doida, como eu que parei de crescer.

São o seu próprio jardim cercado, seu pátio de brinquedos. As três revogaram o tempo, prescindiram dos outros. Nessa condição ninguém as pode ferir.

2 | *História de Pai e Mãe*

Então a traidora não era
só a morte: era a vida também.

As parceiras, *1980*

Um menino é secreto e observador. Dissimulado: guarda o que acontece, o que dizem, gritam, gemem as mulheres e os homens ao seu redor, no concreto e no pensado. Vai tendo sua visão do mundo, sua perspectiva nem sempre cega: mulheres aqui, homens ali. Mulheres assim, homens assado. Crianças, nada.

Por toda parte, aparências: a verdade cresce nas fendas como cogumelos.

Se eu me tornar adulto serei igual a eles, perdendo a minha perspectiva, arrastado para fora do abrigo da minha pequenez: já não poderei tecer e tramar. Serei a negação que promove a segurança: não olhar o perigoso, não escutar o proibido, não puxar as fantasias pela barra da saia para que venham, para que cedam, para que voem.

Aqui onde estou, nesta altura e deste ângulo, mexo com o tempo e o lugar, enfio personagens aqui e ali, vou povoando as entrelinhas e alinhavo histórias paralelas.

Esse sou eu. Aqui eu sou dono, aqui eu tenho o mando.

•

Hoje minha Mãe apareceu na mesa do café da manhã de olhos vermelhos. Perguntei o que era mas ela pareceu incomodada por eu notar o que devia ser ocultado. Ficou tensa lá dentro dela, e disse que eu estava sempre fantasiando.

— Você precisa parar de imaginar tanta coisa, meu filho.

Mas ela mesma não tinha me dito que isso que se imaginava com força acabava existindo? (Ou terá dito que a gente só consegue imaginar realmente o que já aconteceu um dia, em algum lugar?)

Vendo que eu estava magoado ela me abraçou demorado, explicou que estava gripada, ia descansar pois à noite precisava acompanhar meu Pai a um jantar muito importante.

— Mas se você está tão cansada, porque não deixa ele ir sozinho?

— Seu Pai detesta ir a jantares sozinho — ela respondeu, procurando parecer animada. — Mas vou descansar bastante, nem vou ao escritório hoje — disse. — Vou ficar de cama, à noite estou nova em folha.

Eu me pergunto se até o fim de sua vida ela vai querer isso que tem. Nunca mais a palavra alegria. Imagino que às vezes sentada na cama de manhã ao acordar, enquanto no banheiro meu Pai faz a barba ou examina sua pálpebra costurada, ela se pergunte:

— Eu quero isso até o fim de minha vida, isso que tenho, isso que sou ou me fazem ser? Isso que me amarra e me prende e me seca — eu quero ser?

E dizendo *não* ela diria *sim*.

Mas talvez ela não tivesse força. Talvez fosse acomodada. Ou estava aceitando um castigo?

Prefiro não saber a resposta. A vida não é fácil ao lado de meu Pai, aquele olho azul sempre avaliando e despachando.

Meu Pai é controlador. Sabe e vê tudo, pesa, corta e divide. Mas o meu pensamento ele não consegue regular. Ele decide a existência de minha Mãe, mas não poderá impedir sua mirada. Prevê as vitórias de minha irmã, mas não escreverá todo o destino dela.

E eu?

Meu Pai não sabe o que fazer comigo nem onde me enquadrar — nessa medida eu escapo ao seu controle. Não fecho com seus cálculos, não entro na sua perspectiva.

•

Alguns dos momentos felizes de minha Mãe parecem ser quando abre a tampa de seu computador portátil e, instalada na mesa de jantar ou em algum canto, trabalha concentrada: serena. O seu trabalho lhe confere alguma anistia? Por alguns momentos deixa de avaliar as perdas e os ganhos, e a velha dívida impagável?

Em certas ocasiões percebo que ela não está realmente trabalhando: contempla algo além da tela, projeta nesse espaço vagamente luminoso alguma salvação da qual eu não faço parte. É quando eu me sinto mais sozinho.

•

Minha Avó escapou da avaliação de meu Pai ao entrar nesse desatino que ele não entende nem aprova. Essa avó que é mãe de minha Mãe está louca e botaram numa clínica. Mas não foi sempre assim.

Era bonita e rica e perfumada e usava muitas jóias. Mas uma força dentro dela a corroía, e não conseguiu escapar até enveredar pela sua loucura — onde se salvou. Pois lá tudo pôde ser misturado e dissolvido e refeito sem limites nem explicações, ali não há hora nem lugar determinados.

Desde que a gente não sente na cadeira errada, ela finalmente parece feliz.

Meu Pai, precisando de tudo medido, jamais compreenderia isso: para ele tudo deve ser reto e certo, previsível. Por isso eu o deixo tão inquieto.

Eu gostava de Vovó porque parecia estar sempre procurando remendar a sua insuportável realidade: ela não se conformava. Não cabia direito dentro da pele — como eu. Trazia dentro de si esse mal que finalmente a lançou em outra cena onde é princesa, menina, mãe de um bebê que ninguém enxerga.

Conheço retratos seus de quando foi bonita e famosa, pois era o que mais gostava de me mostrar. Sua casa estava cheia dessas fotografias. Revistas onde ela aparecia. Mas quase não se reconhecia nela de agora, essa que estava ali perpetuada em suas várias fases de mutação.

Para Vovó a beleza foi um tormento, porque o tempo não se detinha.Desde moça seu maior pavor fora envelhecer. Olhava-se nos espelhos procurando uma primeira ruga, uma primeira dobra. Uma primeira manchinha.

Quando chegou aos cinqüenta anos quase morreu de dor, andava pela casa, gritava:

— Eu *odeio* fazer cinqüenta anos! Eu *odeio* fazer cinqüenta anos!

E não adiantava as pessoas dizerem que parecia nem ter quarenta, tão conservada.

— Mas mãe — ouvi minha Mãe lhe dizer quando ainda se podia conversar com minha Avó —, mãe, tente imaginar que você está *conquistando* a maturidade em vez de *perder* a juventude; e que vai *ganhar* a velhice em vez de *perder* a maturidade. Por que não procura pensar assim? Não é muito mais natural?

Mas Vovó não aceitava o natural, ela sacudia a cabeça não querendo consolo, uma lágrima soltou do rosto para o prato, era hora do almoço e ela fazia que não, que não, só faltou bater pé:

— Eu odeio pensar que estou ficando velha. Não aceito, não aceito, pronto.

Um dia pediu que eu não a chamasse de Avó mas pelo seu nome de mocinha.

Meu Pai comentou:

— Sua mãe pensa que é uma princesa de conto de fadas, não sabe nada da vida, nada. Quando o resto da juventude acabar, ela enlouquece de vez.

Mamãe encolhia os ombros:

— O que é que você quer que eu faça? Lembro dela quando moça, era alegre e divertida. Agora está difícil de conviver, essa obstinação com eterna juventude e eterna beleza vai liquidar com ela.

Papai completou:

— E de preferência eterna fortuna também.

Minha Mãe retrucou, áspera voz:

— Pois a dona é ela, na verdade a fortuna era dela, você não pode falar.

— E você, por que sempre a defende? Sua mãe nem gosta de você.

— Não diga isso! — minha mãe estava suplicante, criança de quem iam revelar uma mentira grave, aquilo ela não queria ouvir.

Mas meu Pai confirmou, impiedoso:

— Eu vejo a expressão com que ela te observa quando você não está olhando.

(*Por que ele diria uma coisa tão ruim?*)

•

As primeiras cirurgias lhe fizeram bem: removeram um traço amargo, um sinal de cansaço prematuro. Depois seu médico lhe disse:

— Vamos deixar a natureza agir um pouco e o corpo descansar. Não abuse.

Minha Avó então foi procurar outros médicos, que faziam suas vontades. Desafiando o indesafiável e excedendo seus limites, foi-se entregando à irrealidade misericordiosa. No começo ninguém entendia bem o que estava acontecendo.

Tomava uma atitude esquisita um dia, em outros parecia a de sempre; cometia uma doidice de manhã, à tarde estava sensata; aos poucos foi entrando num carrossel que ninguém sabia como controlar.

Ela ainda era dona de si? Quem lhe imporia as rédeas?

Minha Mãe, sua única submissa filha, como invadiria seu espaço e tomaria por ela as duras decisões, dizendo: "Agora eu sou a mãe e você é a filha incompetente e comandada?"

As ilusões não continham mais o tempo, e o costurado voltava a descoser. Minha Avó foi-se isolando. Apartou-se das amizades, deixou as festas, não namorou mais ninguém. Começou a delirar reclamando que todo mundo a apontava nas ruas, nas lojas, nos restaurantes: Lá vai aquela velha.

Cada vez mais difícil de lidar, exigia o que ninguém podia

lhe dar: o tempo congelado. Aos poucos foi sendo devorada por dentro também.

Suas amigas a procuraram no começo, depois desistiram. Talvez não tivessem tempo, estavam ocupadas querendo esquecer o tempo.Correndo atrás da nova moda, os novos recursos milagrosos e o novo amante mais novo.

De tanto ser remendado o rosto de minha Avó foi se tornando outro. Olhando-se nos espelhos da antiga beleza, indagava:

— Quem é essa aí? E eu, onde é que estou?

Mudou o olho, mudou o nariz, mudou o queixo, mudou até a orelha. No fim, nada mais nela era dela.

•

Sou muito pequeno, ainda não consigo olhar pela janela do carro. Quando chega perto e se inclina para me ver, minha Avó está diferente outra vez, mas não descubro logo o que é. Minha Mãe ajuda-a a entrar no carro pois ela parece um pouco atordoada. Quando me ajoelho no assento da frente e me viro para o de trás para que ela me beije, minha Avó está com a boca toda preta. Ninguém comenta que ela pintou a boca com lápis de contornar o olho.

Almoçamos num restaurante e com a comida vai-se também o pretume dos lábios de minha Avó, inchados porque ela mandou fazer assim, diz que são lábios sensuais. A boca obscena.

Mas em casa minha Mãe chorou e comentou com meu Pai:

— A mamãe não está bem. Às vezes faz algum despropósito, depois volta ao normal. Não sei o que fazer. Você imagine que ela pintou a boca com o lápis preto.

Meu Pai analisa sem muita complicação nem complacência, esse é o jeito dele, e responde lacônico:

— Deve estar caducando.

— Mas ela ainda não tem idade para isso ainda!

— Você vê outra explicação?

Minha Mãe hesita um pouco, depois afasta o problema:

— Vai ver, ela estava distraída.

(*Quem determinou que não se pode pintar uma boca de preto e um olho de vermelho?*)

•

Minha Avó prendera na porta do seu quarto uma bruxa de pano muito engraçada, com dois olhinhos azuis, montada numa vassoura.

Às vezes, quando estava bem-humorada e se achava moça e gostava de mim, Vovó me perguntava:

— E quem é que mora nesse quarto aqui?

Eu respondia:

— A bruxa! — e embora já fosse um menino bem grandinho, dizia *buxa*, porque sabia que ela ia achar uma graça enorme e ser feliz por alguns momentos.

Esses foram os últimos dias divertidos que tive com ela. Depois, pele esticada e o andar duro, os peitos bem pequenos, foi-se distanciando da gente. Narina de porcelana, esse olhar aflito de quem está sempre implorando que a achem bonita, ainda uma vez jovem e bela, ainda uma vez, por amor de Deus.

Quando não foi mais possível cuidar dela em sua casa, não davam mais conta da sua agressividade e de seu pânico, foi posta nessa clínica. Pois se antes ficava desatinada horas ou dias, agora já não voltava de sua ilusão. Ela era inteiramente o que criava, sua trama cada vez mais desconexa, cada hora outro personagem, cada hora outro curso e outro fim. No seu mundo de agora não se precisa mais refletir nem decidir. E existe o alívio.

Coitada da minha Vovó com aquele olhar ansioso, horror dessa lesma gorda e úmida do tempo grudada em sua alma.

•

Onde ela está agora tem gente cuidando dela para permanecer vestida e para comer, dão banho, e sei que botam fralda também. Isso minha Mãe comentou com as Tias, e chorou um pouco:

— Vocês não imaginam o que é, ver a mãe da gente de fralda...

Elas concordaram, diziam *oh*, e *ah*, e *que horror*, mas no fundo estavam contentes porque para elas, as secundárias e as pobres, essa desgraça não acontecia.

Vovó está na beira da morte como eu na beira da vida. Só que ela não sabe. Ou sabe, e por isso enlouqueceu?

E também é possível que ela esteja no lado certo, e todos nós, os sensatos, vagamos na ilusão.

(*O inventado é o dom dos que não acreditam demais no comprovado. Sete pode ser um número par: basta que a gente acredite.*)

•

Quando minha Mãe a visitou pela primeira vez na clínica, passou o resto do dia muito triste. Disse a meu Pai:

— Que Deus me perdoe se tomei a decisão errada a respeito da mamãe.

— Foi a decisão certa, e você sabe disso. Não era mais possível tomarem conta dela em casa, lá ela está protegida de si mesma.

Achei isso muito bonito. Todo mundo devia ser protegido de si mesmo, das suas decisões erradas, de dizer *sim* na hora do *não*, ou *não* na hora do *sim*.

•

Minha Mãe disse:

— Hoje você vai comigo visitar sua Avó. Não tem quem fique com você em casa.

Concordei achando que seria uma boa visita. Eu não vira minha Avó desde que ela adoecera de verdade querendo tirar a roupa e gritando muito.

A clínica era uma casa clara e bonita. Havia no ar um cheiro esquisito, de bebê e de velhice, misturado com desinfetante. Pessoas em cadeiras de roda, em sofás, ninguém muito vivo nem muito interessado. Por uma porta aberta vi uma sala com várias camas e velhinhas do tamanho de crianças, mangueirinhas enfiadas no nariz.

Ninguém se movia, ninguém dizia nada, só a enfermeira andava entre as camas, vigiando, ajeitando, fazendo algum carinho naqueles velhíssimos bebês. Não havia agitação nem raiva, apenas apaziguamento.

Ela estava sentada na poltrona em seu quarto, perto da janela de onde se via o jardim. Tão pequena, encolhera, só os olhos eram os mesmos — e já não estavam aflitos.

Minha Avó parecia uma criança que estava-se desmanchando. Nada mais segurava as costuras nem os enchimentos, era uma boneca de cera perto do sol final. Mas agora estava feliz. Completara o seu ciclo, voltara a ser mocinha.

Não sei se me reconheceu, mas sorriu parecendo muito contente, alguém tinha vindo brincar com ela? Porém quando me sentei numa cadeira, disse, preocupada:

— Cuidado, não vai sentar em cima do bebê!

Não havia nenhum bebê ali, mas fiquei quieto.

Minha Mãe a procurou distrair, mostrou revistas e doces que trouxera, mas não conversavam de verdade pois Vovó falava o tempo todo sem parecer ouvir o que a outra dizia. Várias vezes repetiu:

— Os grilos, como estão cantando hoje!

E dirigia-se a umas pessoas que não estavam ali. Ou estavam e só ela via? Não tive receio: eu conheço bem essa vida que se remexe e murmura no invisível.

Talvez o universo de Vovó agora seja um esconderijo de ar, um mundo aéreo onde ela, menina e feliz, não precisa dizer nem sim, nem não. Deixou de sofrer.

Seu círculo estava fechado, ela vencera o tempo: a loucura lhe fizera mais bem do que todas as dietas, cirurgias e cremes.

•

De repente faz um sinal para mim com ar de segredo, eu me levanto e chego perto. Ela estende as duas mãos em concha, pede com arzinho cúmplice:

— Apanha aí, mas com cuidado, não deixa derramar nada...

E arregala muito os olhos.

Faço o que ela pede, e cuidadosamente, atenta, minha Avó despeja nas minhas mãos algo invisível que tem nas suas garras. Não se vê nada, mas escuto nitidamente o barulho de algo que se escoa, pedrinhas ou sementes escorrem no vazio.

Depois ela pega a mão da filha num jeito doce e submisso, e diz:

— Mãe, você está ouvindo os grilos?

•

Naquela noite minha Mãe comentava:

— Agora que está doente é que consigo chegar perto dela, fazer um carinho. Ela não deixava ninguém se aproximar de verdade, sempre correndo naquela vida superficial, aquela alienação. E suas implicâncias comigo, lembra? Você brincava dizendo que ela era minha sogra, não sua. Precisou ficar doida para se tornar mais humana?

Meu Pai ficou silencioso, pigarreou, não queria falar. Emoções o deixavam atrapalhado, enroscava-se nos muitos fios: ele gostava de tudo medido e resolvido.

(*Minha Mãe teria de moer sozinha essa grande pedra.*)

•

Peço que me leve com ela mais vezes para visitar Vovó. Minha Mãe diz:

— Você é um menino muito bonzinho.

Mas eu não sou bonzinho: sou curioso.

Gosto dessas visitas: estou bem próximo dessa avó que se enfiou no proibido entre o certo e o censurado. Ela está além de qualquer determinação.

Quando lhe dão comida, abre a boca, mastiga a papinha e leva algum tempo para obedecer quando lhe dizem:

— Engole!

Ela engole, sempre com aquele ar de felicidade e espanto.

A enfermeira entra no quarto animada como se cuidasse de um jardim-de-infância cheio de lindas crianças. Bota uma espécie de babador no pescoço da menina velha, dizendo alegremente:

— Hora do lanche! Hora do lanche!

E começa a dar bolo e golinhos de leite. É preciso colocar pedaços de bolo entre os dedos de minha Avó, e cada vez dizer:

— Segura, segura, é bolo.

A velhinha olha, encantada com aquele jogo, segura o bolo.

— Bota na boca, bota na boca!

Ela leva a mão à boca, indecisa, mas afinal consegue.

Crio coragem e pergunto à moça:

— Por que não dão tudo na boca para ela comer?

A enfermeira me olha, intrigada, explica:

— É preciso estimular, ela ainda não está inteiramente dependente.

E prossegue para minha atônita Avó:

— Agora mastiga, mastiga!

Não sei de onde a enfermeira tira tamanha paciência e toda aquela convicção.

Finalmente a velhinha come o bolo todo e toma seu leite, um processo infinitamente lento e complicado cheio de repetições e estímulos, como se ela fosse fazer alguma prova importante. Come atenta e comportada, concentra-se no comer com o mesmo olhar fixo de uma neném tomando sua mamadeira: ali, nesse ato, prende-se o fio da vida que nem uma nem outra querem romper.

Quando lhe botam na mão o guardanapo de papel, é preciso repetir tudo:

— Agarra. Segura bem. É guardanapo. Para limpar a boca. Limpa a boca!

Minha Avó leva a mão à boca e começa a comer o guardanapo.

Minha Mãe se levanta e sai do quarto quase correndo.

Eu vejo a enfermeira brincar com minha Avó, fingindo ralhar com ela, e ainda lhe dar um beijo na testa enquanto tira de sua boca murcha os pedaços de papel desmanchados.

E então minha Avó começa a evacuar mansamente.

Agita-se um pouco, olha a enfermeira como se no fundo de suas lembranças confusas algo lhe dissesse que aquilo não estava muito direito, mas a moça conforta, segura carinhosamente a mão da velha e diz:

— Faz, faz o seu cocô, pode fazer. Hoje nós estamos de fralda, lembra?

Então eu também não agüento mais. Salto da cadeira e vou para junto de minha Mãe, parada diante da janela na saleta. Ficamos quietos de mãos dadas sem ver nada do que se passa lá fora. Na rua a vida continua como sempre, gente e carros, e o sol indiferente.

Nesse momento me ocorre que minha Mãe talvez tenha medo de um dia ficar igual à mãe dela. Grãozinhos dessa mesma loucura estariam circulando no seu sangue?

Passamos pelo vestíbulo onde uma velha cochila diante da televisão, agarrada num bebê de plástico em que botaram uma fralda.

No carro perguntei à minha Mãe:

— Por que será que a Vovó fala nesse tal bebê? Será você quando era nenezinha?

Ela calou-se enquanto botava o cinto de segurança, deixou as duas mãos na direção, concentrada como quem procura lembrar ou luta para não recordar.

— Parece mentira — ela disse então —, mas eu tinha esquecido, como é que pode, esquecer uma coisa dessas? Antes de eu nascer, muito antes, meus pais tiveram uma criança que morreu poucas semanas depois de nascer. Meu Deus, tudo isso faz séculos! Em nossa casa não se falava disso, eu mesma só descobri por acaso quando já era adolescente. Fui criada como filha única. Será que agora a mamãe está lembrando disso?

Voltamos para casa sem dizer mais nada. Vi que minha Mãe não gostava do assunto mas não acreditei nesse esquecimento. Todo mundo tem na memória uma criancinha morta que deseja ser narrada.

Na sua demência minha Avó vigiava aquele bebê de quem talvez pensasse não ter cuidado direito há muito, muito tempo. Injustamente, não se anistiara em toda uma vida.

(*O tempo rouba e oculta, e armazena: quando pensamos ter esquecido, destila sua baba de seda sobre a nossa alma.*)

O meu nome não importa. Para as pessoas eu sou apenas "esse Menino" ou "aquele Menino". Então sou Menino. E pronto. Quando eu for adulto, se continuar crescendo desse jeito, será que vão me chamar de "Esse Homem"?

Meu Pai tem um olho só; o outro, dizem que perdeu quando era jovem, caindo de uma árvore e furando o olho num galho. A ponta preparada pelo destino estava ali à sua espera. Por isso ele usa uma venda preta. É esquisito, diferente de todas as pessoas. Há quem critique isso, acham que devia usar olho de vidro, mas ele insiste:

— Esse sou eu.

Mesmo assim é um homem bonito, caminha mais ereto do que minha Mãe, e embora seja mais velho às vezes parece mais jovem.

O olho que sobrou é azul. Lembra um pedacinho de louça azul, lasca de pires, azul muito claro quase sem pintinhas pretas.

Imagino se naquele lugar embaixo da venda tem um buraco que vai dar no cérebro: se a gente tirasse a venda o cérebro escorria para fora? Um dia ainda vou descobrir. Talvez meu Pai tenha ficado meio louco por causa desse buraco na cabeça.

Minha Mãe disse que ele não tira a venda nunca, só troca depois do banho por outro paninho preto, seco, preso por um cordão esticado.

— Por que ele não bota um olho de vidro? — perguntei, fascinado pela idéia de que de noite ele iria tirar o olho, guardar em um estojo, e entrando no quarto eu o poderia pegar e brincar com ele feito bolinha de gude. Dormem um sono muito fundo, as pessoas desta casa. Menos eu.

Eu então entraria no quarto deles sem ser notado, andando só de meias ou descalço como gosto de fazer quando todos estão dormindo, e pegaria aquele olho para mim. E teria poder sobre meu Pai.

Mas ele não quer a prótese, porque faz gênero com essa venda preta, ninguém mais usa, ele sim.

Será que tendo um olho só, o direito, ele vê apenas metade do mundo, enxerga tudo partido ao meio, eu mais insignificante ainda do que já sou, meio-menino?

Ele sempre vira o rosto para um lado imperceptivelmente, para ver melhor, para encarar de frente. Meu Pai é um homem que encara a vida de frente. Minha Mãe — que tem seus dois olhos — prefere olhar de lado para não ter que decidir, ainda não, ou nunca.

(*Eu tenho o meu olhar oblíquo e de baixo. Esse sou eu.*)

•

Desconfio que meu Pai também está doido e isso me dá muito medo, porque afinal ele controla uma parte de minha vida.

Quando se aborrece muito ou quando não sabe o que fazer, especialmente comigo, ele se torna violento, o olho faísca e sua mão pesa.

Precisa quebrar e romper, precisa se descontrolar, precisa sair da linha e entrar nessa pequena liberdade da sua fúria, pois é perseguido por aquilo que pensou enganar e que se acumula dentro dele como um poço negro e fundo, cada vez mais fundo. Ele se agita para não escutar essa voz. Joga um copo no chão, grita palavrões, e me dá uns tapas. Mas nunca bate em minha Mãe.

Quando essa minha irmã substituta era muito pequena, ele a ignorava ou lhe batia. Até que a filha amada, a alegria, morreu: só lhe restou essa, e todo amor e a culpa e o medo se concentraram nela, para seu bem, para seu mal.

(*Eu, do meu ponto de vista, vejo tudo.*)

•

Meu Pai é muito namorador. Ouço as pessoas comentarem isso. Pensam que eu não escuto, que não me interesso ou não entendo. No começo não entendia muito bem, até que um dia eu vi. Protegido pela minha insignificância eu vi e escutei muita coisa. Eu era muito pequeno, mas sei do que se tratava.

Todo mundo comenta isso até na escola, e eu sei de tudo, ou quase tudo, porque as pessoas falam alto e pensam que criança não presta atenção. Mas eu presto. Presto muita atenção ao que as pessoas dizem e fazem.

Uma vez ouvi minha Avó dizer que "depois daquele vexame" sua filha só deveria ter empregada velha e feia por causa dele, e no começo não sabia por que seria. Afinal um dia eu vi: vi meu Pai metendo a mão nos peitos da cozinheira, e quando levantei os olhos para ele tinha uma cara de louco. Senti muito medo, e nojo, e fiquei curioso: o que estava acontecendo ali?

Não tive coragem de perguntar a ninguém: sabia que aquilo devia ficar no canto mais escuro da vida.

•

Talvez minha Mãe tenha se cansado dessa falta de si mesma e desse peso do outro, e precisasse de algo que nenhum de nós pode lhe dar. Só quem faria isso seria o predestinado e o premeditado também.

Meu Pai diz:

— Você só era carinhosa comigo nos primeiros tempos, depois que teve os filhos se porta como uma velha, não se interessa, não reage.

Algum tempo depois, no silêncio, ele retorna:

— Por que não procura um médico? Isso não é normal.

Mas minha Mãe não responde. Seu sorriso há de ser amargo e duro, como raramente se vê.

Talvez por isso qualquer possibilidade tenha sido um tão grande perigo. E nessa hora, longe desse quarto de marido e mulher, dessa solidão fria, um cavalo ergue a cabeça pela primeira vez e fareja no ar.

•

Meu Pai entrou tarde em casa, era madrugada e eu estava no meu canto com meu boneco preferido no colo. Meu Pai diz que pareço um maricas e não gosto de esporte e prefiro brincar com bonecas, mas esse é um dos meus heróis, e não é para meninas, não. Fiquei bem quieto para meu Pai não me enxergar, pois todos pensam que a esta hora eu durmo.

Quando ele passou sem me ver senti um bafo de bebida e um perfume que não era de minha Mãe. Eu disse baixinho:

— Não faz mal, um dia você vai sofrer como todo mundo, vai ser roubado, um dia você vai ser logrado também. Ninguém escapa, você vai ver.

Para mim meu pai era um deus, pois comandava os destinos, e minha Mãe o servia. Um deus esquivo que eu não conseguia amar direito, cujos favores jamais alcançava. De um lado queria ser como ele, ter aquele poder; de outro lado preferia a minha visão, do chão e de soslaio, que me permitia enxergar o diferente real.

(*Do meu ponto-de-vista, o ponto cego, tudo é possível, e transparece.*)

O ponto cego é um fenômeno da visão humana segundo o qual, conforme convergência e refração, pode-se ver o que habitualmente permanece oculto: a possibilidade além da superfície, o concreto afirmado na miragem. Assim eu inventei, assim eu decretei, assim é.

Se as minhas duas irmãs tivessem morrido em vez de uma, eu seria mais importante.

Por que razão ser importante para meu Pai é mais importante do que ser importante para minha Mãe, se, afinal de contas, quem realmente importa na casa, na vida, é minha Mãe?

Talvez ela não importe para si mesma: e isso nos torna a todos frágeis. Essa irmã que eu tenho, a quem sobrou quando morreu a primeira predileta, parece bem contente com sua vida. Traz muitas amigas, fecham-se no quarto dela, riem alto e falam baixo, ouvem música e dançam, e parecem muito bobas. E olham para mim como se eu fosse um bicho da casa.

Eu sei que elas têm segredos, e alguns não são permitidos. Vejo seus olhares ansiosos, percebo a sua inquietação. Às vezes trazem rapazes, quando meus pais saem para alguma festa. Quando todos vão embora e minha irmã se tranca no quarto, paira na casa um cheiro animal, enjoativo e assustador. Eu me enfio em minha cama, tapo a cabeça com o lençol, e chamo os meus fantasmas.

O olho de meu Pai segue especialmente uma das amigas de minha irmã; cada vez que ela vem eu do meu esconderijo confirmo: a maior, a mais velha delas, a de peitos grandes — é para eles que meu Pai mais olha. Os peitos balançam quando ela atravessa a sala.

— Esse homem não vale nada — disse minha Avó um dia, mas minha Mãe procurava ser solidária com o marido que afinal escolheu, muitas vezes eu a ouvi dizer para outras pessoas:

— Ele é um bom marido.

Nesse dia respondeu:

— Você tem implicância com ele, mãe. Esses comentários são pura maldade das pessoas que o invejam, falam mal porque é um homem bem-sucedido.

— Casou com mulher rica, é diferente — objeta minha Avó.

Minha Mãe se encolhe, se recolhe, se aborrece. Será que ela não percebe nada? Não acompanha os olhares de meu Pai nas horas em que devia estar mais atenta?

(*Ou decidiu que também tem seu ponto cego: de onde não vê o que é melhor não ser visto.*)

•

Tenho uns três anos. Estou deitado no chão de tábuas enceradas, só de calçãozinho, o frescor da madeira contra o peito me faz bem, está calor. Assim deitado, rosto encostado no assoalho, espio debaixo de um móvel. Rolinhos de poeira, sombras, movimentos pelas beiras.

Pela primeira vez me toca a certeza do íntimo e do secreto. Algo rebrilha numa fresta entre as tábuas. Uma euforia me acende, minha pele se arrepia de tanta sedução, essa oferenda é para mim, isso é meu, só meu. Uma criança não possui nada além do seu medo e da sua fantasia, mas nessa hora eu possuo aquilo, pelo menos a sensação daquela beleza, aquela pungência é minha.

Mas os passos enérgicos de meu Pai trazem o cheiro dele, sua força e sua impaciência.

— Menino, levanta daí, vá brincar.

E me pegando com força pelos ombros me faz levantar, enquanto diz à minha Mãe:

— É bem seu filho, esse aí. O que será que ele está sempre enxergando embaixo dos móveis? Não tem nada ali!

Nesse momento sou tocado por outra sensação: a de que nada é realmente meu, nada permanece, tudo é precário. Os encantamentos podem ser roubados, não sou dono de mim mesmo. Quem eu tenho de amar pode querer o meu mal.

•

Em casa de minha Avó havia um baú de madeira enorme como uma sepultura. Se eu me comportava bem ou ela estava de bom humor, abríamos a tampa dessa arca onde havia roupas de minha Mãe quando mocinha.

Ver seu interior e aspirar o aroma de madeira e velhíssimos perfumes em tecidos guardados era ainda melhor do que a expectativa. Íamos retirando juntos (eu quase nem alcançava lá dentro) fantasias de seda colorida, máscaras, plumas, lantejoulas, gazes douradas.

Eu me delicio, a boca cheia de água como diante de um doce especial na hora da fome. Pego, cheiro, aliso, quero botar em mim. Mas a Avó começa a rir cheia de malícia:

— Seu pai ia a-do-rar ver você vestido de menina!

As roupas são grandes demais, não as posso vestir, mas mesmo assim estou feliz: não são apenas velhas fantasias, são toda a festa da vida que se oferece aos meus olhos, à minha pele, à minha imaginação para sempre ferida.

É muito esquisito isso de pai e mãe terem sido outros, com

cenários e papéis a cumprir muito antes de eu sequer entrar no palco deles.

•

Quando pensa que ninguém vê minha Mãe tira a máscara e é infeliz. Mói e remói a amargura do passado, tenta desenredar o seu futuro. O presente ela ainda não consegue decidir.

Chego como quem não quer nada, finjo estar procurando algo e pergunto baixinho:

— Mãe, o que você pensa quando está olhando coisa nenhuma?

Ela se surpreende, ri, me puxa, me abraça:

— Nada de especial, filhote. Fico pensando nos negócios, na papelada por assinar. Olhando coisa nenhuma? Você tem cada idéia...

Talvez nessas horas ela pense em meu Pai, no seu amor terminado, na sua distância. Naquele jeito de ser malvado às vezes. Na sua própria vida truncada ao lado dele e de minha irmã, e junto de mim também. Já ouvi uma das Tias querendo falar mal dele, e Mamãe sempre atalhava:

— Não gosto que falem dele, é o pai de meus filhos.

Mas embora as duas discutissem muito, e ela se queixasse com meu pai e às Tias da frieza da mãe e suas eternas críticas, às vezes se revelava em conversa com ela — ainda devia precisar de mãe:

— Eu, que sou dona de tanto — minha Mãe fez um gesto para a papelada que acabava de assinar na mesa da sala — nem sou dona da minha vida. Tenho filhos e trabalho e dinheiro, mais de mim mesma não sei nada.

A mãe dela apertou as duas mãos contra os seios adolescentes e retrucou:

— Pois é, quando eu lhe digo que ele não presta você não quer me ouvir. Você devia era pedir mais coisas dele, exigir dinheiro, viagens, jóias, isso que faz uma mulher feliz. Mas não, vive trancada naquele escritório, trabalha sem precisar, parece um homem. Não se cuida, não se enfeita. E ainda por cima deixa que ele administre o dinheiro como se você dependesse dele.

— A gente fez esses acordos todos há tanto tempo, desde o começo... quando tudo parecia certo, era natural assim. Eu nem me interessava muito pelas empresas, comecei a trabalhar quando precisava me distrair um pouco, sair de casa. Ele tomou conta de tudo.

— E de você também.

— Eu sei, eu sei, mas agora não posso mudar.

— Numa relação há sempre um que se curva e outro que comanda. Trate de ser aquele que detém o poder — disse minha Avó, que se vangloriava de ter mandado em meu avô a vida toda: "Ele manda na empresa, eu mando nele".

Mas quando esse meu avô morrera ela pareceu cair num vácuo onde girava, girava feito uma bonequinha solta no ar, pendurada por aquele fio do tempo que ameaçava deixá-la cair.

Minha Mãe então comentou:

— Além do mais, você sabe o quanto ele sofreu, quando... Pensei que ia ficar louco.

— E você, não sofreu? De tanto se anular para seu marido esqueceu seu próprio sofrimento? Ou aceitou as acusações que ele lhe fez, aquela tremenda injustiça, como se a doença da menina fosse coisa do seu controle?

Minha Mãe então jogou a cabeça para trás, olhos fechados com força e deu um suspiro tão fundo, um gemido, que me fez fugir correndo na ponta dos pés para que não me notassem.

(*Pelos cantos da casa então correram estranhos tumultos.*)

3 | *História de Menino sozinho*

Ninguém sabe do que são capazes os anões.

Exílio, 1987

Na varanda do andar de cima tem uma rede onde eu deito para pensar. E para olhar ao longe as águas escuras com a pedra grande como um patamar do nada.

O rio, riozinho, o Riacho do Renegado como dizem as pessoas daqui. Contam que nas noites de lua cheia, ainda mais se for sexta-feira, o Diabo aparece agachado nessa pedra na curva do rio, pitando um cigarro e rindo sozinho.

No sítio eu inventei um brinquedo que me dá alegria: levo a neném da cozinheira comigo para o meu quarto e brinco com ela um tempão. Ninguém me escuta, porque eu sei caminhar como os gatos: eu ando no silêncio. Entro no quarto da cozinheira e ninguém acorda.

Depois de um tempo levo a neném de volta para o berço, e nem a mãe dela percebeu nada. A neném não chorou. Mas eu também não enfio graveto no cuzinho dela. Faço carinho, falo com ela, aliso a cabecinha. Acho que ela gosta de mim.

Dela nunca tenho medo, por isso não lhe faço nenhuma maldade. Mas faço muitas outras maldades, isso eu faço.

•

Nem sempre consigo escapar. Desta vez minha Mãe descobriu algo que eu fiz, e não foi tolerante nem achou graça. Por um momento pensei que também estivesse um pouco louca.

Porque eu tinha botado gravetos no cu do cachorro. Faço isso com os bichos pequenos, as galinhas e o cachorro do sítio. Com eles, eu mando.

Desta vez ela contou a meu Pai, que quis me surrar, mas eu fugi. Ele saiu batendo as portas, os pneus do carro derrapando na entrada da casa. Minha Mãe me encontrou e me bateu com um cinto dele — isso ela nunca tinha feito. Depois largou o cinto e ainda me deu uns tapas. Batia e chorava, e me chamava de peste, demônio, peste de menino.

Não me castigou por causa do cachorro mas porque ela, lá dentro, não é feliz. Nem era em mim que batia.

Entendo que esteja cansada. Entendo que ande irritada. Pois minha Mãe não pára. Está sempre se sacrificando pela gente, correndo à procura de alguma coisa para fazer. Precisa saber que está agradando, precisa provar a sua utilidade, embora trabalhe quase todo o dia na empresa. Ela não pode sossegar.

E imagino que também no escritório seja assim, solícita, apressada, gentil: Quer um cafezinho, quer que chame a secretária, quer, você quer alguma coisa, meu marido?

Essa aflição interior a desgasta e consome, no fim do dia ela está pálida e feia. Mas ainda olha nos quartos, vira e revira nossas roupas, verifica se as camas estão ajeitadas. Minha irmã se irrita e a enxota, gritando:

— Pelo amor de Deus, mamãe, *pelo amor* de Deus me deixa em paz, pára de ser tão boazinha, você está me sufocando!

Então minha Mãe se afasta encolhida como se tivesse apanhado. Chego perto dela e abraço, e deixo que me abrace também e até me sufoque — pois assim eu me sinto amado, e menos só.

•

Naquele dia antes de ela ir para a cama eu me esgueirei até seu quarto e botei no travesseiro uma flor do jardim e um bilhete. Escrevi:

"Minha Mãezinha querida, desculpe quando sou malcriado, eu vou ser um filho muito bonzinho sempre. Um beijo do seu Menino."

Quase nem dormi de tão nervoso pensando se ela havia visto a flor, lido o bilhete. Até achei que viria ao meu quarto me agradecer, mas de certo não deu tempo.

Na manhã seguinte, na mesa do café, ela me abraçou, rindo:

— Esse doidinho aí vive prometendo que vai ser um anjo mas é um verdadeiro diabo.

Não estava zangada, e fiquei muito feliz. Meu rosto passou alguns dias arranhado do anel dela.

— Que arranhões são esses aí?

— Nada, Mãe.

— Nada, como? Fale!

Ela devia ter mesmo esquecido. Então contei. Pareceu arrependida, me deu muitos beijos e disse que se perguntassem na escola eu podia dizer aos outros que tinha caído em cima das roseiras.

•

Neste grupo de minha família eu sou o mais estranho. Se não fosse por minha Mãe eu nem existiria: seria sombra, bicho, boneco. Finjo que não sei, não vejo nem comento. Brinco, invento, e também obedeço aos que invoquei.

Quem conhece mais a solidão do que alguém diferente, insuficiente, frustrante, alguém que fica de fora até no tamanho? Eu não cresceria mais de qualquer jeito, então era coisa predestinada — ou decidi não crescer, e era premeditado?

(*Ou, vendo que não crescia mais, tornei isso a minha decisão, decidi em cima do decidido — e assim consegui me apossar do meu destino?*)

•

Continuo pequeno para minha idade, o que parece aborrecer muito meu Pai e comover minha Mãe. Ultimamente o olhar dela se detém um pouco mais em mim, parece apreensiva, mas logo passa. No começo é sempre mais fácil negar, e além do mais mães gostam dos filhos sempre pequenos. É melhor de administrar, a vida assim reduzida.

Minha decisão continua firme: não vou mais crescer. Sei que está dando certo, porque já começam a se preocupar. O médico que mede minha altura, controla meu peso, radiografa meus pulsos e escuta meus pulmões, tenta animar minha Mãe:

— Isso não é nada, toda criança tem fases em que parece parar de crescer. Depois lá se vão, e acabam enormes.

Mas eu não vou ser enorme. Embora na medida isso não apareça meu corpo se modifica, minha pele às vezes não o contém, depois sobra, excessiva e triste. Isso me assusta: e se eu não conseguir controlar o que desencadeei, se a pele começar a rachar aqui e ali, as carnes expostas?

Um dia tudo será demasiado por dentro e pouco por fora, e vou explodir, ah vou.

(*Mas até lá eu posso inventar um outro enredo para esta história.*)

•

Minha Mãe afirma:

— Meu filho, você é tudo para mim no mundo.

Não sei se isso me alegra ou também me pesa. Talvez ela só diga isso porque nesse dia minha irmã foi grosseira, porque meu Pai olha para outras mulheres, porque minha Avó está doida. Se eu for tudo no mundo para uma pessoa não posso cometer um erro, um errinho só, ou estarei fazendo mal a essa que me ama tanto.

Não sei se gosto disso.

— Você é minha Mãe cheirosa — eu digo, pois ela não liga muito para jóias e roupas, mas perfumes são seu luxo. Então ela se alegra, me chama de seu pequeninho — o que me dá certa esperança.

Nem sempre é assim. Tem dias em que nem consigo chegar perto dela, não quer que eu me encoste em seu braço, seu corpo. Percebo que ela não agüenta nem carinho, é como se lhe tivessem arrancado a pele e até a brisa a fizesse gritar.

É sempre hora de ela ir ao escritório, hora de viajar, hora de atender minha irmã, hora de ser boa com meu Pai sempre irritado, sempre reclamando de tudo.

Hora de ver como está o seu Menino.

Mas quando pára um pouco e se concentra em algum ponto que não alcanço, a sua ansiedade se recolhe e ela congela; parece velha e muito sozinha também. Nada que eu lhe possa dar pode abrir o espaço de que ela precisa para respirar.

•

Eu sou aquele que inventa e invoca: e tudo o que assim chamei veio porque permanecia vivo. Não se vêem essas personagens mas lá estão, cá estão ao meu lado, atrás dos bastidores, no meio dos cenários, enroladas nas cortinas desse palco.

Como o vento do mar não sabe que não existe mais o mar, também elas não sabem que não existe mais a história que as contava. E voltam sempre que alguém as chama com as palavras certas. À noite, quando pensam que durmo, saem do nevoeiro que habitam e vêm falar comigo. Ou conversam entre si, amam-se, cruzam seus destinos, sofrem e deliram.

•

A cama feito um barco em águas rumorosas. Vozes, vultos, o desfile dos meus imaginados reais gira em torno do quarto.

De repente abre-se a porta num arranco: meu Pai não permite que eu passe a chave. Ele está plantado na soleira, o olho duro se detém em mim, varre o quarto, procura e investiga, esse é o jeito dele, sempre procurando, sempre acusatório. Precisa controlar tudo que esteja ao seu alcance. E o que fica fora desse círculo é negado, não tem vigência, não interessa — ainda que chame com sua pequena voz no fundo do fundo.

— Você está outra vez falando sozinho?

— Estou contando histórias para mim mesmo, não consigo dormir.

Ele olha em torno decepcionado por não encontrar nada que possa combater. Sai balançando a cabeça, deixa de propósito a porta escancarada.

Não me ouve repetir muitas vezes, "letícia, letícia, cadê você, letícia?" Nem escuta as risadinhas de todos esses que, espremidos contra as paredes no meu quarto, aguardam que ele se afaste para aparecer.

•

Qual é a história que eu aqui quero contar? De gente que é muito esquisita, de criança que é muito solitária, de um Menino que sabe muita coisa, e de que saber é muito perigoso.

O estranho é que sei sem ter conhecido, penso o que ainda nem foi posto em palavras; mais estranho ainda, o que invento pode mais tarde acontecer: quem verdadeiramente dita as falas, quem comanda nesse palco?

Eu sou narrador e personagem, eu escrevo o roteiro, sou eu quem salta entre os cenários e observo dos bastidores.

Mas às minhas costas sopra essa voz mais forte do que eu: o anjo que fia e tece e borda, e me prende nesse enredo. Não calculei bem os seus poderes, nisso me perdi.

Fiz um pacto e executei os rituais, mas começo a ver que mais do que narrei estou sendo narrado: pois não parei simplesmente de crescer. Estou mudando de muitas formas. Minha altura continua a mesma, mas por dentro eu ainda cresço.

Um dia não vou mais caber em mim? Vou explodir ou, como cobra troca de pele, eu trocarei de máscaras? É isso que fazem os adultos com os quais não quero me parecer?

Sofro na carne o desconexo e o desencontrado. Quando me perguntam respondo invenções; da realidade pouco falo — ninguém iria mesmo acreditar.

Os adultos acham graça de mim, dizem:

— Ô Menino complicado esse.

Eu procuro, eu indago, eu não aceito.

Ontem no jardim um passarinho do tamanho de meu dedo pousou num arbusto. Meu coração pulsou em todo o corpo. Latejava na cabeça: eu ia ter para mim aquele passarinho, o menor do mundo, seria só meu, e eu cuidaria dele até o fim da vida.

Minha irmã andava por ali com seu passo duro, me viu atento e quis saber o que era. Deu risada e disse que era só uma borboleta, das mais feias, cinzenta, nem existe passarinho tão pequeno.

Mas eu sei que é um passarinho, de um tipo raro que só eu vou possuir. Não o consegui pegar, mas várias vezes agora espero por ele naquela mesma hora. O que eu invento e esconjuro se torna real: eu sei que esse passarinho existe.

Não suporto ser privado disso que desejo tanto, e que me torna especial: ter o que os outros nem enxergam. Poder me alegrar sem medo de que acabe.

(*Foi na hora do escurecimento, em que não se divisam bem os contornos, a hora barrenta — essa é a minha hora, a minha vez é essa. É quando sai do lado avesso o povo da penumbra que fala a minha língua e arma os meus pensamentos.*)

Às vezes, só às vezes, o único olho de meu Pai fica triste, e tenho mais medo dele ainda: tenho medo de que essa pessoa sozinha com esse olho melancólico diga em palavras o que o olhar pronuncia, e me peça ajuda.

Eu sempre observo meu Pai aqui da minha perspectiva. Quando ele não percebe eu o encaro, erguendo um pouco a cabeça.

Agora há uma novidade. Ele finalmente se decidiu: trocou a venda por um olho de vidro, azul como o outro, igualzinho. Mas eu sei que com esse olho ele não pode me ver.

Tenho um repetido sonho assustador: estou sentado numa das enormes poltronas de couro verde-escuro no escritório de meu Pai em casa, onde reina o aroma de couro, cachimbo e livros. Esse é o seu santuário, o lugar que eu desejo e temo, onde em geral estou proibido de entrar. Não é lugar para criança.

Mas eu entro, eu vou: quando ele está no trabalho, ou de noite quando dormem, eu me escondo embaixo de sua escrivaninha e faço de conta que é o meu castelo. Ali, tudo o que eu determino se cumpre.

No sonho, perninhas curtas balançando longe do tapete, vejo meu Pai aproximar-se com um livro aberto na mão, preparando-se para sentar na sua poltrona. Naturalmente ele não me vê.

E o meu medo, o meu terror, é que ele não me enxergue e sente em cima de mim, e me esmague com a sua presença enorme.

Tento lhe dizer isso, quero gritar, abro muito a boca que vai-se rasgando nos cantos até as orelhas, o sangue escorre quente pelo meu pescoço, a dor me dilacera, mas nenhum som sai desta garganta insuficiente.

•

Uma família inteira foi morar em meu quarto, numa casinha de papelão que construí e botei num canto da prateleira. Escuto sua voz, seus passinhos em cima da cômoda. Para lá, para cá. A mulher, os gêmeos, o padre, o pai doloroso, a mãe morta, a beata, a menina debilóide, todos. Por que tantas criancinhas mortas nas minhas histórias?

Antes de dormir, ou quando me botam no quarto de castigo, ou quando acordo assustado no meio da noite, saem da casinha e desfilam para mim.

Se eu contar isso todo mundo vai rir. Mas vejo o que eles não conseguem ver, portanto na verdade eu é que posso dar risada. Posso preparar um monte de armadilhas para eles.

O melhor dos jogos solitários de minha vida é o teatro de sombras cujo roteiro escrevo, cujos atores dirijo. Cuja substância não vem do nada pois tudo que um dia foi dito ou chamado continua palpitando aqui, ali: eu sei onde está.

E as palavras com que chamo e descrevo e refaço são como doces em minha boca, caramelos, pedregulhos de cor.

•

Há coisas que ninguém saberia explicar: a gente pressente ou desconfia. Escorrem sobre nós como cera derretida: quando esse fogo líquido se firma tudo está conformado e configurado, e não escapamos mais. A libertação seria incendiar-se outra vez e suportar a dor terrível para que a massa voltasse a se liquefazer.

Mas esse preço é alto, é caro, é quase impossível.

Assim são algumas revelações, deslumbramentos que comem, queimam e marcam.

•

Uma prima hospedou-se conosco alguns dias, veio para ir a uma festa à fantasia com minha irmã.

A moça mostra sua fantasia a meu Pai, e só recordo o sapato: fiquei fixado naqueles sapatos de cetim com salto alto, e, magnificência absoluta, eram de cores diferentes, um vermelho e um verde.

Mas então a gente podia ousar assim? Sapatos de cores diferentes, o instigante diverso?

Começo a chorar como se me tivessem arrancado um pedaço. Era por não ter sabido antes que o diferente podia ser legitimado, que a liberdade existia mas não estava ao meu alcance, ainda não. Lembro do ar irritado de minha prima, do riso meio encabulado de minha Mãe, do comentário de meu Pai:

— Mas que diabo de menino esquisito, esse seu filho — ele disse olhando minha Mãe como se eu fosse filho só dela. E virou-se para mim: — Quando você quiser ir a um baile de crianças, vai fantasiado de pirata. Não me diga que gostou dessa fantasia de mulher!

Mas não era por não poder ir àquela festa ou a nenhuma festa que eu chorava. Era de susto: um desses inesperados sustos que a vida nos causa quando descobrimos que, se quase tudo é possível, pouco é permitido.

E me foi revelado também, nesse par de sapatos desconexos, que o ambíguo é muito mais sedutor do que o resolvido e o explicado. Eu para sempre preferiria o infiltrado, o insinuado, e o destilado: todo esse mundo no qual gente como meu Pai seria estrangeiro e exilado. Eu era o rei.

(*Depois disso, com mais freqüência, quando não podia dormir, eu escutava por cima do telhado um sopro de asas ou patas no vento.*)

•

Mas eu, se tenho lágrimas nos olhos pelo encantamento, de tristeza quase nunca choro. Não posso mostrar fraqueza ou vou ser moído e esfarelado. Preciso disfarçar que me sinto tão cansado.

Só choro quando não suporto mais. Como no dia em que estava sentado junto da lareira olhando o fogo e meu Pai preveniu:

— Sai de perto do fogo, você vai se queimar.

Mas continuei onde estava, gosto de fingir que não escuto direito. E resolvi botar na lareira mais um pedaço de lenha. Perdi equilíbrio e caí, apoiei a mão num pau em brasa e fiz uma queimadura feia na palma da mão.

Doeu horrivelmente. Mamãe veio correndo, ia me levar para o banheiro para lavar e botar alguma pomada, mas Papai não deixou.

— Esse fedelho raquítico vai agüentar firme toda a noite

pra aprender a obedecer. Quer ser homem, quer ter vontade própria? Então agüente como homem também.

Passei a noite toda acordado, na mão uma ferida vermelha e preta e saindo uma água amarela. Meu Pai me obrigou a dormir de porta aberta para ouvir se eu chorasse. Aqui em casa é proibido chorar. E não deixou minha Mãe ficar comigo.

Ela nem tentou ficar, não apareceu.

De vez em quando ele chegava até a porta e acendia a luz para ver se eu estava chorando ou se, quem sabe, mamãe tinha feito curativo escondido. Eu tremia tanto de dor que a cama chegava a balançar.

No dia seguinte ele deu permissão de me levarem ao médico. Fomos logo depois do café da manhã. Durante o café ninguém falou do assunto. Mamãe estava muito branca, com olheiras, minha irmã estava trancada em seu quarto, e meu Pai nem me olhou.

Nesse dia quando voltamos do médico minha Mãe lhe disse bem alto, e na minha frente:

— Você nunca mais põe a mão nesse menino. Nunca mais. O doutor achou que ele anda debilitado. Vamos ter de fazer uma série de exames.

Ele se afastou, fingiu pegar um livro: era uma das raras vezes em que minha Mãe usava do seu poder, do qual tinha tanto medo de se apropriar.

•

Tio Nando, irmão de meu Pai, não vem ao sítio só nos fins de semana como nós. Passa aqui mais tempo do que devia.

— Ele não se interessa pelos negócios nem se empenha

com nada — queixa-se meu Pai. — Será que ainda por cima tenho um irmão vagabundo?

Mas não espera que minha Mãe responda. Ele já decidiu, não precisa de que ninguém confirme suas opiniões.

Meu Pai é aquele que julga.

Tio Nando é um homem esquivo e calado, tem os dois olhos e são pretos, deles escorre uma tristeza permanente.

Percebo que o meu tio Nando é um solitário: eu também às vezes me sinto assim — largado na sombra.

Quando essa sensação me domina penso por que não me afoguei na pia. Mamãe me contou e repetiu: quando eu era bebê me davam banho numa pia, porque eu nasci prematuro e era menor do que os bebês normais.

Tinham medo de que eu me afogasse. Então meu Pai me segurava para ela me esfregar. Eu acho isso esquisito, porque já haviam tido dois bebês antes de mim, deviam ter experiência com a fragilidade. Mas não importa. O problema era comigo. Daquela vez deviam estar mais preocupados, afinal eu nasci depois do drama e antes do tempo, um menino fraco que podia morrer também. Mas eu, eu vinguei.

Um dia desses, soltando água na pia depois de brincar com um barquinho, entendi que no fundo no fundo eles gostariam que eu tivesse sumido naquele ralo.

Tio Nando terá entrado em areias movediças das quais não consegue tirar o pé, ou, se voltou, está coberto de limo e lama, e cansaço. Um dia ele vai me contar o que já vi e pressenti.

Eu, que sou pequeno, e para quem quase não ligam na mesa ou nas conversas, posso analisar tranqüilamente: em geral o que eles têm nos olhos não sai da sua boca.

E a minha vida, o que é? Perigosas possibilidades lá na frente, por isso não quero crescer. Prefiro o mundo visto deste prisma. Parei de crescer mas meu corpo sofre: vivo cansado, caminho devagar, o sol me incomoda e a minha voz não é a mesma.

Isso que não entendo começa a me preocupar. Pois nem tudo pode ser desinventado depois que se iniciou.

Sempre gostei de cantos escuros: agora fico acordado na cama do mesmo jeito, mas já não tenho vontade de chamar nem um desses que costumam me fazer companhia.

•

O que a gente sabe mas não diz pesa mais do que o pronunciado, pois move-se nas brumas e escapa de qualquer vigilância. Os silêncios de minha Mãe são mais densos que os gritos de meu Pai. Eu andar sozinho de noite é mais triste do que o olho azul dele. Os pensamentos de minha Avó eram mais loucos do que a gente admitia. A vida de tio Nando foi podada e não se conserta mais.

Tudo é pior quando escorrega para o fingido esquecimento.

Tudo é fingido nesta vida, e todo mundo sem falar nisso participa. A gente não fala. Porque seria abrir uma porta muito perigosa.

(*Um outro olhar, cruzando com o de minha Mãe, lhe daria forças para derrubar uma dessas portas.*)

•

Deitaram-me na mesa de exames de mais um consultório, minha Mãe ao meu lado com ar de forçada animação. Vários médicos já me olharam, mediram e pesaram, conferiram exames, consultaram entre si.

Meus ossos, meus pulsos, tudo foi avaliado. Fui esticado, pesado, ponderado.

— Então, o que há com esse nosso Menino? — diz o médico, embora saiba muito bem, pois na sua mesa há uma pilha de papéis e de exames que tenho feito nas últimas semanas.

— Ele nunca foi muito grande mas parou de crescer assim de repente, eu também não entendo — diz minha Mãe com ar pesaroso. — Não parece muito disposto, está mais quieto do que habitualmente já é, vive pelos cantos. Será que é uma fase, depois volta a esticar?

— Pelo que eu posso deduzir — responde o doutor sem muita convicção, pegando da escrivaninha um papel que analisa parado ao meu lado —, no tempo devido essa criança vai atingir a sua altura normal, nem de mais nem de menos.

E acrescentou em voz mais baixa:

— Mas há aí uns outros sintomas, que ainda vamos avaliar...

Dúvidas e suspeitas me rondavam.

Examinaram minha pele, beliscaram, acharam ressequida. Olharam nos cantos de meus olhos como se eu pudesse ter ali ruguinhas dessas que Vovó mandava remover todo ano.

Meu estômago forma uma bola, estou um pouco nauseado, estou perdido, perdido.

Sentam-se na cadeira diante da escrivaninha, e espio para o médico por cima da tampa de madeira. Estou sempre com os olhos na altura das mesas, vejo superfícies limpas ou empoeiradas, em cima delas às vezes alinho minhas criaturas e contemplo seus dramas.

•

Minha Mãe tem estado mais atenta comigo. Antes de começar a escapar de nós, vivia dizendo que eu fosse bonzinho e me comportasse bem à mesa, e me limpasse direito no banheiro, e não fizesse barulho nem mostrasse a língua para as pessoas, e tomasse banho todos os dias lavando bem atrás das orelhas. E não maltratasse o cachorro nem os bichos do sítio.

Deve ser muito cansativo treinar uma criança. Vi na televisão uma foca no circo fazendo uma porção de coisas ensinadas. Era assim que eu deveria ser para que, aprovando-me, meu Pai aprovasse minha treinadora?

Agora ela está voltando. Estar doente tem isso de bom: ela fica por perto, me faz tomar o remédio, manda preparar pratos de que eu gosto, me leva para brincar no sol, olha bem para ver se voltei a crescer. Ser fraco me deixa poderoso.

Faz algum tempo comecei a narrar com minha voz de taquara rachada o que eu planejava e o que afinal aconteceu, o destinado e o premeditado. Mas isso não estava no meu roteiro.

Meu corpo se transforma, nada muito dramático ainda; apenas um mínimo repuxão, uma difusa dor se espalha. Dor nas juntas, dor nos ossos. Não me sinto bem dentro da minha pele.

Contemplo minhas mãos, meus pés; os dedos magrinhos, as unhas muito mais duras. Meus cílios devem estar caindo porque meu olhar já não é o mesmo, os vermes não têm cílios, vou me parecendo com eles; meu cabelo também anda mais ralo.

Algo vai mal comigo, muito mal. Algo está muito errado.

O dentista disse que meus dentes estão se afrouxando e vi o seu olhar espantado para minha Mãe, ele mais indagava do que informava.

— Precisa de cálcios, esse Menino precisa tomar cálcio e pegar sol!

Minha Mãe concorda, ansiosa, anda muito mais ansiosa comigo porque ninguém sabe direito qual é o meu mal, e meu Pai, irritado com tanta visita aos médicos, a culpa:

— Esse seu filho só tem me dado gastos e preocupação. Você é muito mole com ele, tem de ser mais enérgica, mande fazer exercício! Parece um velho, sempre cansado! E olhe só essas perninhas finas! — reclama.

Mas eu já estou tomando um monte de remédios e vitaminas, para crescer, para os ossos, para tudo.

O que vai ser de mim... o que vai ser de mim?

•

Como seria se o olho de meu Pai, o de vidro, escorregasse para dentro da cabeça e saísse pela boca? Tenho muito medo disso.

Ele é um homem poderoso, queixo largo, boca dura, grandes mãos peludas, e aquela aliança de ouro que faz dele o dono de minha Mãe.

Singularmente, os seus pés são pequenos. Meu Pai é uma das poucas pessoas que conheço que têm lindos pés. A pele deles é delicada como de uma criança, ele sempre diz isso, tem orgulho do tamanho de seus pés. "Sapato para mim, só sob medida, e feito à mão", ele diz quando elogiam seus sapatos.

No resto ele é meio tosco sobre esse pedestal precário: é como se não tivessem acabado de fazer a escultura. Ficaram arestas aqui e ali, para burilar e lixar.

Tenho medo dele. Da sua brutalidade, do jeito grosseiro com que fala comigo, com minha Mãe — nunca com minha irmã. Eu me encolho e me escondo, porque ele está sempre me vigiando, nunca satisfeito com isso que vê, inquieto com isso que, em mim, ele não alcança.

(*Eu, com meus dois olhos, enxergo melhor: não por serem dois, mas porque o ângulo oblíquo é mais agudo.*)

•

Ele tem seu segredo, eu vi: meu Pai botava a mão nos peitos da cozinheira, eu estava no meu esconderijo debaixo da escada espiando o mundo pela minha fresta. Ele não sabia que alguém estava olhando, veio por trás, segurou pela cintura, a outra mão em cima do peito. É jovenzinha a mamãe da minha neném, mas os peitos dela já eram grandes, se não fosse isso seria parecida com minha irmã, quase da mesma idade.

Ela parou mas não pareceu assustada, não gritou nem procurou fugir. Primeiro bem quieta, depois pareceu amolecer um pouco o corpo, encostou-se no Pai, a cabeça para trás, e esfregou um pouco a bunda nele, bem ali.

Os dois respiravam forte e eu me senti muito esquisito. Mas ouvi passos de alguém, meu Pai soltou a moça, que fugiu para a cozinha. Ele ficou um tempo ali parado ajeitando a roupa como se viesse do banheiro. Depois subiu a escada andando bem devagar nos degraus de madeira por cima de minha cabeça. Ainda respirava fundo e devagar.

Fiquei inquieto, com um pouco de nojo, curiosidade e aflição.

Será que minha Mãe sabe disso? Será que ele faz a mesma coisa com ela? Será por isso que às vezes parece tão pálida e cansada, ou seus olhos choraram?

Quando eu for adulto vou ser bem diferente desse homem. Bem diferente. Eu preferia era ser menina, porque aí, quando fosse adulto, virava mulher e não homem, não essa criatura estranha, peluda, resfolegante e suja mesmo quando limpa, como meu Pai.

•

Assim sou eu, sempre dos lados e nos cantos. Eu me infiltro, eu me insinuo, eu atraio aquilo que não foi terminado, o que não acabou. Eu sou o que era antes, e agora posso vir depois de todos. Eu sou um Menino. E assim me chamam: esse Menino, esse aí.

E se eu me jogasse aqui da sacada, tantos andares acima do chão, será que morria?

(*A menina que se jogou da pedra sobre o mar, morreu?*)

Se um Menino — que tem um Pai com olho
de vidro, que se esfrega nas moças e bate
em criança — saltar do telhado, um cavalo
que bebe em águas escuras o levará consigo?

Finalmente eu desenrolei toda a história do tio Nando. Foi quando a gente ia pescar no Renegado.

Minha Mãe devia estar dormindo a sesta ou lendo no quarto ou mirando uns olhos futuros, sem nunca os ter visto já se perdia neles. Minha irmã deitada numa rede na varanda do andar de cima pensava no namorado que viria nos visitar. Meu Pai estava na cidade.

Tio Nando passou pela varanda e perguntou:

— Vamos pescar, Menino? — e antes mesmo de eu responder deu uma risada vagarosa. — Deixa de preguiça, você anda muito preguiçoso!

— Minha Mãe está dormindo, não posso perguntar — respondi.

Minha irmã gritou do andar de cima, mesmo sem nos ver:

— Vá sim, deixa de ser bobo. Eu deixo, pronto, eu dou licença, tá?

E acrescentou quando eu já ia sair correndo:

— Leva o boné, boboca!

Quando íamos andando, ele com o balde na mão e os caniços, um grande para ele e um menor para mim, o tio Nando falava:

— Tem de pescar sim. Não só pensar enfiado nos cantos. — Olha de lado e do alto, me analisa. — E tem de nadar mais no rio, sim senhor, faz bem pra sua saúde, tomar mais sol. Você anda muito branquinho.

— Eu não gosto de entrar nesse rio — comento. — Nas vezes em que entrei senti no fundo umas coisas lisas e escorregadias.

— São pedras com limo, isso não faz mal nenhum e não é sujo, é natural — disse ele.

— Mas a minha irmã falou que é o Renegado, o lombo dele bem gosmento lá no fundo.

Eu ia acrescentar: "E aquilo se mexe, tio!", mas por algum motivo decidi me calar.

Tio Nando ri outra vez, sacudindo a cabeça. Ajeita um lugar para mim a seu lado no capim morno, bem na beira do riacho. Começa a botar minhoca nos anzóis. Eu me ofereço para ajudar.

— Você não tem nojo, seu menino da cidade?

— Disso não tenho, não.

Mexer com esses bichos me dá prazer: rasgo em duas metades, enfiando no anzol enquanto ainda estão vivas e se contorcem e soltam aquele suco. No fundo isso também me dá um medo que não sei explicar, como se um dia eu fosse pagar por aquela maldade toda.

Mas tio Nando não parece nada culpado, nessa hora seu rosto relaxa, está quase contente, quase feliz.

Eu tenho medo do fundo do rio. Não nado mais ali porque há de dissimular segredos que é melhor a gente nem saber.

Pescar não me exige esforço, isso ainda posso fazer. Estou muito mais à vontade com meu tio do que com meu Pai. Estar com ele é bom: voz sossegada, olhar meio triste, a mão leve, não imagino meu tio batendo em ninguém.

Na família se comenta que ele não gosta de trabalhar, que esteve muito doente, teve uma crise. Isso tudo se fala em família, mas quando pergunto dizem apenas que trabalhava demais e ficou muito cansado.

Tio Nando já tinha pegado dois peixes grandinhos, e eu nada. Gosto mais de pensar e ouvir as águas, e sentir meu tio do meu lado me cuidando, do que disso de pegar os peixes. Um dia sonhei que eu era um peixe e me debatia na terra, e as pessoas paradas ao meu redor queriam me esmagar com o pé.

Ele perguntou:

— O que você pensa quando está tão quietinho?

— Eu queria entender essa voz no campo.

— Voz no campo?

— É. Tem dias em que alguém, alguma coisa, fala ou canta, e essa voz vem vindo por cima do campo, no capim... e eu acho bonito.

Ele me encarou, pareceu gostar dessa minha idéia, e disse:

— Esse meu sobrinho sabe das coisas...

Ficamos algum tempo em silêncio, depois eu arrisquei:

— E o senhor, tio, em que pensa quando está assim tão triste?

Ele desviou o olhar das águas e fixou-se em mim, meio divertido, mas atento.

— Você me acha triste, é?

— É... — E perguntei: — Tio, o senhor é doente?

Ele não pareceu estranhar, era como se tivesse chegado a hora.

— Por quê?

— Porque ouvi sempre falar que... que um dia o senhor teve um desgosto. E que não vai muito ao escritório, vive sozinho aqui no sítio.

Ele dá um sorriso sem alegria:

— Seu pai deve dizer que eu sou um vagabundo, não é?

Isso eu não respondi e fiquei meio assustado, mas ele não pareceu se zangar. Acho que não dava nenhuma importância ao meu Pai. Voltou a contemplar as águas, a outra margem, a pedra do Renegado. Então começou a falar. Não era para mim que narrava, era para si mesmo, era para o campo, o silêncio e as águas pardas:

— Minha vida não é propriamente uma história para crianças, mas você, apesar de tão pequeno, cada dia parece mais adulto.

Pára um pouco, assobia baixinho, ficou inquieto. Depois prossegue, olhando em frente sem ver:

— Um dia eu tive mulher e filho, um menino meio parecido com você, sabia? Afinal nem é de estranhar, ele era seu primo.

— E onde estão eles? — perguntei no impulso, e logo me arrependi, pois adivinhava coisas tenebrosas.

Ele não disse nada, depois se remexeu, e aí revelou, devagar como se ele próprio ainda precisasse se convencer:

— Morreram. Os dois morreram.

Disse isso como quem experimenta falar numa língua estrangeira. Desconfiei de que meu tio Nando, que passara duplamente pelo solene ritual da morte, não se livrara de suas marcas, e nunca conversava sobre isso com ninguém.

Não se pronuncia o que não tem nome: *a morte da pessoa amada*. Nesse território a gente fala baixo, esse umbral se atravessa descalço, aqui se entra na ponta dos pés. Diante dessa dor a gente se inclina, a gente se desvia — a gente respeita.

Fiquei impressionado, porque da alegria de meus pais no cemitério eu sabia, mas desse menino nunca ninguém tinha me falado. Nem da mãe dele. Então havia na sombra histórias que nem eu identificava.

Tomei mais coragem e perguntei:

— Eles também estão no cemitério?

— Estão num cemitério. Mas não é aquele cemitério onde está a sua irmãzinha, não.

Resolvi não perguntar mais nada.

Ele estava me analisando, me comparando com o menino que tivera?

Minha pele foi-se arrepiando como num vento frio, embora fizesse calor; o coração bateu dobrado, tive de tossir um pouco para me aliviar.

(*Com quantas criancinhas mortas eu sou parecido?*)

Tio Nando prendeu o caniço entre os joelhos, meteu a mão no bolso da camisa e tirou o cigarro, acendeu, ficou quieto. Meu coração batia tão forte que ele com certeza estava ouvindo o tropel.

— Era pequeno, um bebê — ele retomou o fio, mas não pronunciou o nome da criança. — Minha mulher veio tomar banho neste riozinho. Tinha chovido dias antes, a correnteza estava forte. Eu estava na cidade trabalhando, só um empregado viu tudo de longe. Ela entrou na água com o menino nos braços, e brincava saltando e rindo, e de repente... de repente sumiu.

Enquanto eu pensava em alguma coisa para dizer, tio Nando concluiu, como quem ainda procura a explicação:

— Quando chove essas águas mudam muito, são perigosas.

Ele se calou, achei que ia chorar mas só estava branco, apertando os lábios e olhando firme o rio. O silêncio se estendeu tanto que tive vontade de me jogar na água e sumir, às vezes seria melhor não enfiar as mãos nesses novelos escuros.

Fiquei muito arrependido de ter comentado com ele meu medo das coisas moles e escorregadias do fundo do rio.

O tio então se levantou de um salto, pegou o caniço, e quando começamos a voltar para casa finalmente terminou a sua narração:

— Foram achados no fim do dia, longe daqui.

Quando a gente já estava quase chegando, eu um pouquinho mais atrás porque carregava o peso do mundo, o tio Nando disse, olhando em frente mas tão alto que eu escutei:

— Foi uma grande traição.

O meu tio nadara nas águas de duas mortes: dessa viagem não se volta inteiro.

(*Depois desse dia eu me interessei muito mais pelo Riacho do Renegado.*)

4 *História do vento do mar*

E do seu canto foi brotando o mundo:
as grutas da noite e o ventre do dia;
a morte nascia dessa música.

A sentinela, *1994*

Tio Nando fica na varanda bebendo seu uísque e sonhando. Assim suporta melhor isso que não tem nome.

— Há milhões de anos — disse meu tio enquanto finjo brincar no chão junto de sua cadeira — isso aqui era tudo mar.

Faz um gesto, copo na mão, o uísque reluz dourado no último sol. O gesto abrange a casa, o campo e mais além.

— E como é que a gente sabe? — indaguei assombrado.

— Sabe porque cavando um pouco aqui se encontravam restos de conchas, coisas do mar. Mais tarde fizeram escavações e pesquisas, e viram que realmente aqui, há milhões de anos, era fundo de mar.

Ficamos os dois quietos para que o encantamento não se esfarelasse. Meu coração está submerso nessas águas secretas.

Meu tio me encara:

— Você nunca ouviu falar?

— Nunca. Minha Mãe inventa muitas histórias. De cavalo, por exemplo...

Ele não se interessa pelo meu cavalo. Pensa naquelas

águas, as deste riacho acabarão no mar distante? E quando retornar, esse mar não poderá trazer os afogados também?

— Mas outro dia você falou na voz no campo, e eu pensei... Então nunca ouviu contar a história do vento do mar?

Lembrei que algumas vezes alguém ali do sítio, a cozinheira ou o velho que cuidava do jardim, comentava sobre um vento, o vento. Talvez falassem em vento do mar, mas eu não dei importância. Lá do meu jeito eu sabia sim, adivinhava sem ter conferido, esse era o meu jeito de conhecer.

Meu tio endireitou-se na cadeira, agora estava animado, me levava junto na sua viagem:

— Pois as pessoas do lugar falam muito disso, no vento do mar. Em algumas épocas do ano, de madrugada, ouve-se um barulho de ondas, e até o ar começa a mudar. Pois aqui um dia estava tudo coberto pelas águas. Faz milhões de anos. E, porque não sabe que aqui não tem mais mar, aquele mesmo vento antiqüíssimo volta. Vem chegando, vem vindo, com vozes e ruídos diferentes. E as pessoas dizem: *é o vento do mar.*

Ficamos calados de novo, e mesmo que não fosse a hora nem o dia no meu coração eu escutava aquele vento e aspirava aquele áspero odor.

Com meu tio, o mais próximo de mim, eu poderia dividir a sensação e a certeza de que tudo era possível, tudo e nada eram reais.

Desde que tio Nando me contou isso gosto muito mais de me sentar sozinho na varanda. Porque às vezes ele vem, esse vento do mar, e com ele o bramido das ondas e o cheiro da maresia, e todas as lembranças que não são minhas — são daquele tempo e de sempre.

(*Aí me deito de costas no chão da varanda, fecho os olhos e o mar passa por cima de mim.*)

•

Quando me canso das minhas imaginações, quero o de fora e o concreto. Às vezes também eu preciso de ordenação e limite.

Então convoco a realidade mais cotidiana: subo na balaustrada na varanda e me sento balançando as pernas. Sei que minha Mãe logo vai chegar correndo, com medo de que eu caia ou me jogue, insegura com essa minha pequena liberdade. Depois desse lapso de tempo que é só meu, ela vai me chamar de volta com seus cuidados e serei prisioneiro das coisas banais que um Menino tem de cumprir.

Em alguns momentos isso me salva do impreciso infinito.

Enquanto minha Mãe não chega, pois ainda não me viu ali em cima ou não lhe disseram, penso como deve ser bom abrir as asas e pairar sobre o campo. O Riacho. Por cima da vida com suas criancinhas mortas e seus adultos condenados.

E quando soprasse o vento, aquele vento, um grande cavalo cor-de-mel, um cavalo mágico — que eu já vi algumas vezes — carregaria tudo isso em suas asas para dentro do sossegado definitivo.

•

Meu tio Nando me deu um presente muito original: uma caixa de papelão com bichos-da-seda dentro, sobre folhas de amoreira que eles roem, roem sem parar. Diz que antigamente conheceu uma menina doente que brincava com isso. Então, vendo que eu andava meio tristonho, descobriu onde conseguir os bichos, e me deu essa caixa.

É a coisa real mais estranha que já possuí, e é minha. Todo

mundo em casa tem nojo deles, são só meus. Meus amigos inquietos, calados, eficientes. E ainda por cima, com eles assusto as pessoas. Lá estão, silenciosos, devorando folhas para delas fabricarem seu rio de seda.

Eu haveria de me distrair com eles quando tudo desconcertasse. Quando minha Mãe me deixasse de fora, acuado por muitos tormentos eu subiria até meu quarto e tiraria de baixo da cama a caixa com meus bichos.

Eles eram o feio contendo o belo, o nojento prometendo a delicadeza toda. Eram o segredo do destinado, eram o desatinado da compulsão, não havia como escapar: eles também eram obrigados a produzir fios e a tecer, a encapsular-se e finalmente morrer para que a alma pudesse voar e se desdobrasse o brilho das sedas.

Isso me consolava: o levíssimo rumor dos ventos pelados e moles devorando folhas e secretando o que seria amarrado em tramas e nós.

O tempo, que tanto apavorava minha Avó antes da sua loucura definitiva, sugava e chupava os calcanhares dela como um grande bicho-da-seda. Hoje seu bafo roça minha pele. O que está fazendo comigo?

Não adianta correr nem se debater, pois o tempo come as beiradas da gente, corta e recorta e rói, cobre e recobre, e nos encerra em seu oval perfeito — e como os mortos, hibernamos.

(*E também a isso eu digo: Sim.*)

•

Agora que foi pronunciado isso que tio Nando perdeu aqui no Renegado, entendo porque ele não tem vontade de trabalhar, porque bebe tanto e dorme na poltrona; porque sempre parece distraído, e é tão fácil gostar dele. É fácil gostar de quem não se finge de forte, e se entrega à fraqueza para ser mais real.

Ele vem para o sítio e some, senta na beira do seu naufrágio. O que chama, por quem espera, com quem conversa?

E depois vem a continuação: a feiticeira que o chamou quando ele não queria ir porque ainda chorava a morte da outra. Isso nem precisaram me contar nem inventei nem montei peças de outras histórias. Isso eu vi.

Tio Nando no começo fugia dela. Alguém o chamava:

— Fernando, telefone para você, é aquela moça...

Ele nem sempre atendia. Mas ela, atiçada e desafiada, tentava, telefonava cinco, seis vezes ao dia, vinha até o sítio quando ele estava aqui — alta e forte quase como minha Mãe, um cheiro de capim perfumado que até a mim seduzia.

Finalmente meu tio começou a ceder. Tocado de tanta morte, ouvindo o insistente chamado da vida apaixonou-se outra vez, e foi como se revivesse: sem cuidado nem reservas, ele se inflamou.

O tio Nando tivera arrancado o coração, a luz de dentro. A nova mulher chegava seduzindo com aquela voz rouca, chamando, chamando. Eu sou aquele que escuta, e também isso eu escutei.

— Posso lhe fazer um agrado? — ela disse no escuro.

Não deu trégua até ele resolver dizer *sim, sim*, ia ser feliz de novo, a mortinha que o perdoasse.

Depois disso não largou mais da namorada, junto dela parecia iluminado, dava risadas que eu nem conhecia. Mas a enganadora vida nem sempre mostra o completo. Havia algum desacerto na felicidade dele, minha Mãe falava seus receios:

— Seu irmão parece enfeitiçado — disse um dia ao meu Pai —, o Nando é tão bom, coitado, já sofreu tanto, estava na hora de ser feliz de novo. Mas desconfio que foi se apaixonar pela mulher errada.

Eu quis perguntar por que era a mulher errada, mas como sempre desisti. Por que não se podia inventar uma outra vida para o tio Nando?

•

Estamos sozinhos olhando o campo e o brilho móvel das águas onde se perderam a mulher dele e o filhinho. Ultimamente o meu tio, que parecia curado dessa dor porque a nova alegria o resgatara, tem de novo seus momentos de melancolia.

Faz pouco tempo moram juntos mas já parecem um casal de muitos anos. A namorada vive com dor de cabeça e cansada. Ainda cheira a capim perfumado, mas está inquieta, o riso forçado, reclama e critica muitas coisas que antes pareciam-lhe agradar.

Na presença dela meu tio vira o rosto para o lado como se procurasse pelos cantos a felicidade que lhe escapa, onde está, para onde vai?

Ele ainda me faz confidências: depois de tomar uísque, enquanto a nova amada dorme, ele começa a falar como quem precisa se convencer do que está narrando:

— Ela é maravilhosa. Um dia vai ser sua amiga também — ele repete, sabendo que não gosto muito dela, sempre se queixando de tudo: o campo, os insetos, o vento, agora acha um tédio essa mania de fim de semana no sítio.

— Por causa dela eu quis viver de novo — disse ele então, mexendo-se na cadeira. — Eu lhe devo isso.

Então, quando meu tio voltara à vida e nela se instalava, a moça mudou de idéia. Nunca entendi direito, ninguém entendeu, só ouvi protestos e espantos:

— Como é que é? Ela mudou de idéia, assim?

— Pois é, já estavam até morando juntos, mas ela se foi.

— Então primeiro ela tira o Nando daquele marasmo, sabendo de tudo que ele já sofreu, e aí muda de idéia, não quer mais, acabou o encantamento?

— Pois é. Largou ele assim desse jeito como se fosse um coitado, um bicho sem eira nem beira.

— E não deu nenhuma explicação?

— Disse que ele é sensível demais, romântico demais, Deus me livre viver com um homem assim, foi o que ela comentou.

Por que falavam tanto mal dela? Gostar do tio Nando os deixava cegos para o outro lado?

(*Talvez ela não tivesse suportado a morte abrindo os olhos e lambendo os beiços nas entrelinhas.*)

•

Desde que a nova namorada o deixou, meu tio envelheceu muitos anos. Já não conversa nem quando bebe demais.

Às vezes quando quero puxar assunto ele só passa a mão no meu cabelo, mas não está pensando em mim. As pessoas fazem isso comigo como se eu fosse um cachorro de estimação: estava ali perto, era quieto, era dócil, era pequeno, passavam a mão na minha cabeça, e pronto. Então eu me sento calado fingindo nem entender.

Mas sei todos os caminhos, e ando nos corredores todos. Eu me insinuo, eu me derramo nas fendas.

•

— Fernando, você tem de reagir. — Meu Pai falava com um tom bondoso e paciente, que não era comum nele. — Faz anos que aconteceu a tragédia... (eu sabia que era da moça morta com seu filhinho que estava falando), e essa aventura de agora... bom, não vá me dizer que você nunca percebeu que a mulher era uma vigarista... Você ainda tem uma vida pela frente, mano, pare de se destruir.

Tio Nando murmurou palavras que não consegui entender. Meu Pai falava alto e claro; meu tio parecia estar desinteressado, com sono.

Mas meu Pai não desistia facilmente, tinha de controlar até mesmo a dor do outro:

— Eu não sofri também uma tragédia e me recuperei? Retome a sua vida e seu trabalho, sua sala na empresa continua lá. Você tem seus amigos, a família. Procure ajuda. Ou faça uma viagem, não lhe falta o dinheiro para isso. Ou namore! Você está em plena forma, e fica aí feito um banana, chorando por uma mulher que não o quis.

Mas o tio Nando ainda quer essa mulher; ele não parece ter vontade de esquecer.

Qual delas quer reter consigo? Com qual das duas sonha? Misturaram-se as dores e as alegrias, para ele já não faz muita diferença?

Bastante tempo depois, quando ninguém mais esperava nenhuma reação dele, quando pensavam que tivesse assimilado aquela terceira morte da sua esperança, ele reagiu. Abriu portas e comportas, e vomitou sobre o mundo as águas de sua dor.

Tarde da noite, telefonaram do sítio para meu pai:

— O seu Nando está feito louco, gritando e quebrando tudo, agora pegou uma corda e diz que vai se enforcar.

Ele nadava bem demais para enganar as águas do riacho, que naquela época estavam tranqüilas.

Meus pais vieram em plena madrugada com um médico. Encontraram meu tio amarrado com tiras de lençol, contido por dois empregados, rouco de tanto gritar.

Foi medicado, foi internado, foi tratado.

Meses depois reapareceu, calmo — talvez calmo demais. Resignado — talvez resignado demais. A luz que por algum tempo voltara a brilhar para ele não voltaria a se acender.

Meu Pai destruiu as lembranças da filhinha morta. Meu tio quebrou objetos e a ilusão.

Eu não posso fazer violências dessas: eu sou pequeno. Mas no sítio gosto de brincar com os pintinhos. E de arrancar a cabecinha deles, num único puxão. Boto as cabeças enfileiradas ao lado do que sobrou deles.

Ninguém nunca me pergunta nada, nem querem saber se fui eu. Ouço conversas abafadas, depois minha Mãe vem e me abraça longo tempo, por cima de minha cabeça sinto sua respiração funda, ela tenta se controlar.

Mas ninguém me acusa de nada: ainda por cima ando fraco e cheio de problemas. Eu tenho de ser amado.

Eu sou um bicho calado na beira das águas turvas, um sapo. Eu sou o Anão?

Apago a luz e ligo o computador que minha Mãe me deu, agora ela tem outro ainda mais moderno. Na claridade de uma lua impossível que houvesse lá dentro eu chamo as minhas criaturas e suas tramas — o tempo é todo o tempo que eu queira tecer.

Mas o melhor é quando a tela se apaga. No fingido escuro passa de vez em quando o clarão dourado de um gato que se esgueira para o meu colo.

É na noite, nessa hora nenhuma, que as coisas acontecem: desabam paredes e abrem-se portas, e a fantasia senta-se ao pé da cama desembaraçando os cabelos. Esse é o reino das palavras: tudo pode ser dito e cada um inventa os seus significados.

(*Esse é o palco da amplidão do indeciso.*)

Como meu Pai na sua prepotência, como minha Avó na sua loucura, aqui eu sou o senhor. Aqui eu tenho o mando. Aqui ordeno, invento, desarrumo e conformo segundo o meu saber. Eu sou o Anão.

•

Vinha devagar, anunciado e esquivo, iniciava-se e logo escapulia de mim. No começo eu não via nada, só escutava: de madrugada, com essa lua enorme no céu hirto, um rufar, um ruflar, um tatalar. Era um vento e algo viajava nele. Um vulto, um clarão, um par de asas — ou um galope vindo do Riacho?

Eu saía da cama, sentava no peitoril, e como os quartos são no andar de cima podia enxergar bem longe.

Esfregava os olhos para ver melhor: nada.

Até que um dia, quem sabe propositadamente para se fazer ver, ele apareceu bem perto: no ar, no céu, enorme anjo ou demônio dourado.

Desci as escadas descalço, corri para fora, mas vi apenas seu rastro, voando baixo sobre o campo vazio.

Depois, em certa madrugada, eu fui chamado. Fui convocado pelo que precisava acontecer. Fui invocado. Antes mesmo de abrir as pálpebras eu soube: vai acontecer, hoje vou encontrar o indizível, eu vou.

Desci da cama depressa, não me cobri porque não havia calor nem frio: havia silêncio e lua. Mas tive de levar os óculos porque minha vista estava ficando cansada.

O aroma do campo e da maresia se misturavam com cheiro de cavalo. Descalço segui pelo jardim, descalço entrei no campo úmido, avancei sem nenhum medo, e além do que minha vista podia alcançar eu já enxergava o Riacho faiscando e a pedra chata sobre as águas.

Nela formava-se aquilo que eu vinha tramando.

De pé em cima da pedra do Renegado, o cavalo cor-de-mel vai abrir as asas. Ainda nem se percebem, mas olhando bem vejo a linha onde se encaixam.

E na lua por cima do campo calado, ele começa a existir: estica o dorso, move os flancos, levanta bem a cabeça, a cauda balança no vento apenas anunciado. A crina de leite reflete-se nas águas soturnas.

Aos poucos aparecem as duas grandes asas, finas nas pontas. Tiritando da novidade ele emerge do vazio.

O cavalo cor-de-mel brota do meu desejo: as narinas nervosas, as patas inquietas, as asas parecendo desproporcionais. Num impulso mais forte ele bate as duas asas, primeiro ainda de pé na pedra morna, hesitante.

Então começa a ventar forte e ele se alça e sobe no vento.

O rufar das asas se mistura ao som do mar trazendo a vida das águas e das conchas. As asas do cavalo o carregam por cima do campo, e todo resto pára: nem vaga-lumes nem pássaros nem anjos.

Só ele, o cavalo-anjo, volteia no céu, faz rasantes sobre a terra, relincha em mais uma curva. Nunca vai para muito longe: não sai do território que estendo para ele no tempo sobreposto ao natural.

O vento do mar o leva, caravela no mar perdido que há milhões de anos varria este lugar.

(*Se eu lhe desse um nome seria: Alegria.*)

•

Outra noite ainda eu o enxerguei melhor, mais demoradamente. Nem cheguei a adormecer, fiquei à espera. Nada se viu, nada se escutou, mas tudo foi anunciado. Saí para o campo de madrugada, sentei-me no capim e esperei.

E então o cavalo se aproximou devagar, pisando em veludo. Parou longe de mim, mas dava para ver como num filme lento. Era para mim que se mostrava, era a mim que escolhera no meio da noite, como eu tantas vezes em pensamento fizera com ele. Estava ali, pleno de possibilidades.

Ele se espreguiçava, esticava o dorso, retesava as patas, relinchava baixinho como um riso, e novamente abriu as asas, velas de navio no vento do mar. E voava só para mim, que o contemplava na minha solidão.

Nunca vi a mulher afogada montada no meio daquelas asas, mas sabia: ela está ali, o cabelo entrançado com as crinas do animal.

(*Tudo é possível dentro da noite.*)

•

Meu corpo está mais fraco e mais frouxo, já não sou o Menino de antes. Meus dentes ficaram amarelados, caminho arrastando os pés. Alguém está me desinventando?

Tendo escolhido e dito *sim*, vou perder mais do que vou ganhar? Isso, mesmo aqui do meu ponto de vista eu nunca saberei medir.

No fim terei duas saídas: explodir porque a pele ficou pequena demais, rebentar em merda ou sonho. Ou implodir, desabar para dentro de mim, ao peso do tempo sem controle.

Nem todos esses médicos perplexos vão conseguir resolver o meu problema: porque eu desafiei o convencionado, arranquei uma pena daquelas grandes asas — o que fiz não se pode revogar.

Sei que está chegando a hora, alguma hora: porque já não sou criança por dentro. Vou me abrir como uma fruta podre, a pele rachando.

Estou condenado.

Tudo isso é muito triste, sim. Choro sozinho no escuro de noite e não tenho a quem chamar, pois minha Mãe, que hoje sonha com outro, já não virá me confortar.

(*Preciso me decidir, preciso: pela vida, ou pela morte. E vou me decidir, logo, ah, vou.*)

E se na verdade a gente não decide nada? Se o destino é quem escolhe, e todas essas mudanças que não entendo e ninguém parece entender aconteceram em mim *antes* de eu escolher — portanto eu só pensei estar optando, apenas me adonei da minha própria fatalidade?

•

Na solidão e no silêncio vigio as pessoas. Os que existem e os que perduram, e os que foram inventados: todos têm de se submeter.

Entro no quarto de minha irmã quando ela esquece de trancar a porta. Sinto sua respiração quente quando sonha com o amado. Procuro embaixo de sua cama e o que ali vejo ela nem imagina. O que se mexe, remexe, suspira como se fosse vento trazendo a desgraça.

Desço pelo corredor com todo o meu cortejo, e entro no quarto de hóspedes. Um dia beijarei na boca um belo Moço que não dorme sozinho.

No quarto de meus pais, onde eu nunca entro, minha Mãe dorme sozinha ao lado do meu Pai, na cama de casal. Os dois apartados, falhados, os dois. Meu Pai não sonha: range os dentes dormindo, mastiga a sua própria força. Minha Mãe dorme e sonha, mas não é com meu Pai que sonha. Um Moço que ainda nem apareceu dorme e sonha, mas não é com minha irmã que sonha.

É como se as almas dos que se vão perder se encontrassem antecipadamente no sono, chão do pensamento destravado, e ali se amassem como ninguém nunca se amaria.

Isso não vem só de mim, mas é imposto por esse que ri baixinho na beira do rio, sacudindo a crina de seda.

5 | *História de Mãe e Moço*

Se descubro o lance perverso da jogada,
quem sabe eu consigo sobreviver.

As parceiras, *1980*

Veio passar o fim de semana no sítio, talvez ficar uns dias mais: era o namorado de minha irmã. Ninguém senão ela o conhecia na família. Mas para ela, agora já mulher, sempre solitária com seu Pai, aquele novo era o deslumbramento. Quase parecia bonita falando dele, o rosto fino e duro se adoçava de amor.

— Esse é o homem da minha vida, nunca vou querer outro senão ele.

Minha Mãe achava graça, dizia:

— Estou doida para conhecer essa maravilha!

Minha irmã até se dirigiu a mim:

— E você aí, prometa que vai ser bonzinho com ele, que vai se comportar e falar direito, e não fazer nada de esquisito. Promete?

Prometi.

Meu Pai desviava o olhar como se não pudesse acreditar naquela transformação; como se tivesse medo disso que fugia ao seu controle.

Será que nosso Pai se devorava de ciúme? Alguém ia roubar mais uma propriedade sua, essa que ele criara e determinara, essa filha que o ajudara a enganar a morte?

Mas não era nos peitos dela que pegava, era nos da cozinheira.

Minha Mãe observava contente a transformação daquela filha antes tesa e arrogante, parecida com o Pai. Agora tão redonda, mulher. As duas se encontravam nessa vereda, nessa atmosfera fechavam-se no quarto, sentadas na varanda cochichavam juntas, riam. O Pai as olhava com desdém.

Mas quando o visitante se aproximava, tudo começou a se desalinhavar, como dentro deste meu corpo.

•

O fim de semana no sítio começou como qualquer outro, minha Mãe dando ordens para as empregadas, meu Pai pisando forte trouxe papéis para ler na mesa do café e parecia concentrado neles, minha irmã se demorava lá em cima no quarto.

Eu estava sentado em meu lugar junto da mesa, sobre almofadas — porque embora já tivesse feito oito anos, ainda era pequeno demais.

Meu coração, vidro derretido. Nada descia até o estômago. Fingi beber leite enquanto tentava escutar dentro de mim o galope antecipado.

O que seria? O que viria? O que pendia no ar, pesado e fechado e perfeito, decisões tomadas, o golpe dado, assinados os acordos e feitos os nós?

•

Minha irmã finalmente desceu, mordiscou uma fruta, bebeu café preto, beijou o rosto do Pai como sempre, e o da

Mãe — o que era raro. Passou por mim e em vez de me chamar de boboca acariciou o alto da minha cabeça:

— E aí, baixinho?

Eu odiava quando me chamavam assim, mas naquele dia não me importei. Não me importei porque estava prestando atenção, já escutava longe e pressentia perto as ameaças todas.

Quando o carro se aproximava botei a mão neste meu peito magrinho: o coração pateava. Quem era esse que estava chegando para nós?

(*Esse eu não queria ter inventado. Esse personagem transbordava da minha fabricação.*)

•

Entrou na sala e parou, um rapaz comum, nem feio nem bonito, nada especial a não ser que era a visita do destino. Podia ser uma pessoa qualquer, esse namorado de minha irmã, uma pessoa: mas em seus calcanhares vinham muitas sombras agitadas querendo desarrumar as nossas vidas.

Minha Mãe entrou na sala vindo do corredor e também estacou. E o vento se recolheu, as águas do riacho correram em direção invertida. Começava uma história dessas em que a gente só acredita se viveu.

Minha Mãe e o Moço se olharam pela primeira vez — e foram tragados.

Minha Mãe e o Moço se cumprimentaram, apresentados por minha irmã, meu Pai estendeu a mão sem sorrir, examinou de alto a baixo quem ia lhe roubar a sua verdadeira amada, mas se conteve pois não ia mostrar fraqueza; e não foi desagradável nem no almoço nem no jantar.

Nos dias seguintes mostraram ao Moço o sítio, o riacho, as

frutas, as varandas, e ofereceram-lhe as reaes. Ele passeou com minha irmã até onde a gente não os podia mais avistar; e se beijavam na boca, e se encostavam ardentes.

Mas ele, em quem pensava?

Minha Mãe, andando pela casa, cuidava de suas tarefas, para que nada faltasse e tudo corresse perfeito, era o que seu marido esperava dela. Fazendo tudo isso ela por vezes cerrava os olhos curvando-se um pouco, como se seu ventre estivesse doendo.

•

Aquele foi o ponto proibido. E prosseguia com intervalos, depois continuou o tempo inteiro e sempre, e se tramava e se bordava e se estudava e se manejava dia e noite até quando as pálpebras baixavam.

Minha Mãe e aquele Moço, quando não se viam se olhavam. Quando não se tocavam, se roçavam. Nesse ponto de cegueira os dois se perdiam de nós, e eu perdera o mando.

Minha irmã percebeu alguma coisa? Só quem fosse cego não notaria, e mesmo que fosse cego teria de perceber, pois escorria entre eles dois um mel, e aromas — não havia como não sentir.

Ela podia não ter notado, mas naquele instante mesmo fora excluída. Ninguém soube na hora, ninguém na verdade nunca soube com todas as letras, mas foi assim. Assim foi estabelecido no mundo inteiro.

Eu fui perdido de minha Mãe, pois naquele dia e nos próximos dias, sempre que me escondi ela não procurou por mim.

A Mãe e o Moço. E os olhos deles!

A fonte da dor. O poço da dor. O fogo da dor. A possibilidade da dor doendo tanto quanto.

O quadrângulo da dor: Mãe, Moço, Menino. E a irmã do Menino.

Desta vez o Pai ficaria de fora.

•

E a cada vez que minha Mãe e o Moço se defrontavam, mesmo no mais trivial, o mundo era outro.

O olhar deles era uma celebração da vida.

Meu Pai, tão cioso da sua propriedade, sua posse e sua presa, dessa vez ficou cego. Vivia numa perspectiva de onde não se enxerga o essencial. Pois não parecia ligar: e na verdade concretamente nada havia, nem um beijo, nem um descaramento, nem um toque a mais. Só os fios da necessidade deles de serem um do outro, o *sim* definitivo, *o sim*.

Por isso, por arrogância, por cegueira ou por destino, meu Pai foi o mais que todos exilados. Com isso eu me alegrava muito.

Minha irmã logo no começo não viu o quanto fora excluída, mas seus olhos iam-se acostumando à poeira cintilante em que os outros dois estavam mergulhados, e começou a entender: ela nem existia mais. Logo no terceiro dia estava outra vez mais tesa e mais tensa, mas angulosa: um sorriso fixo simulava a felicidade que lhe fugia.

Minha irmã estava viúva muito antes de se casar. Mesmo nos braços dele, no peito dele, estava removida do seu amado: ela não era ninguém, ainda não. Teria de ser provada e comprovada pela dor.

•

Minha Mãe e o Moço concentravam-se no ardor deles que tudo contagiava, espalhando-se em uma estranha agitação na casa, no campo, nas pessoas que se viam diferentes.

Durante a estada do Moço várias vezes tentei conferir os meus poderes: inventei um esconderijo e chamei por minha Mãe, mas ela, mesmo sentada perto com papéis no colo, não escutou; se escutou não deu importância; se deu importância nem conseguiu se mover.

Até ali meu Pai tivera de lhe dar o aval, dizer-lhe: Essa é você e apesar da sua culpa, da sua falha imperdoável, eu ainda a quero.

Agora ela veria no outro a sua identidade? Ou passando além dele teria de descobrir sozinha: Eu sou essa por mim mesma, na pura solidão?

Mas minha Avó, ela desde o começo e desde antes do começo, desde aquele primeiro vento diferente e da primeira voz no campo — se estivesse ali ela teria percebido: pois os doidos vêem aquilo de que ninguém mais dá conta. A causa de minha dor e minha fúria, a minha desesperada ira.

Eu, eu Menino doente, fora perdido de minha Mãe. E aquilo me doeu como se me furassem as tripas com uma faca de castrar, sete facas varando o meu peito ineficiente.

Agora eu precisava ordenar, precisava retomar o controle e exercer o mando.

Numa hora em que não havia ninguém por perto, ele parado na varanda do andar inferior olhando a paisagem sem prestar atenção, eu disse ao intruso:

— Quando chegar a hora vou levar você para escutar o vento do mar no campo. E tem também um cavalo...

Mas logo vi que ele não estava escutando: para ele, mais sedutores que o vento, o mar e o cavalo, eram os olhos de minha Mãe.

A visão de um Menino parecia certeira: oblíqua vindo das zonas inferiores, do fundo do tempo aparentemente manobrado. Mas por baixo a correnteza mastigava as areias.

A força de um Menino: o mundo que ele vê como ninguém mais. Aquilo que ele persegue nos corredores da noite, nos beirais. Ele pode exorcizar um cavalo cor-de-mel que começa a mover as ocultas asas.

(*A impotência de um Menino é que às vezes a morte joga fora o certo e recolhe o errado.*)

•

Na realidade o Moço se portava como um simples namorado: andava quase sempre com minha irmã, ela o levava por toda parte, fechavam-se, trancavam-se, respiravam forte e falavam baixo. A casa estava povoada de cheiros inquietantes. E havia silêncios.

Meu Pai parecia como sempre, poderoso e cheio de vontade. Tão seguro de si que não mudava o ponto de vista, avaliava tudo ali do alto. Mas minha Mãe ia-se transformando; virava a cabeça mais devagar, olhava mais distraída, levava a mão ao peito como se sentisse dor. Eu tinha vontade de chegar perto dela, pegar nos braços, gritar: Cuidado, Mãe, cuidado, o destino se enredou, nem todas as portas abertas a gente pode atravessar!

Se eu fizesse isso ela me afastaria de si, atendendo a um outro aviso, outro chamado. Outro.

•

Então fui farejar e conferir: fingia ser amigo, me ofereci para mostrar ao Moço o sítio, até para ir pescar. Ele não queria saber de mim. Achou graça da história do Renegado, mas quando lhe contei que às vezes ali se postava um cavalo cor-de-mel que à noite voava sobre os campos no vento do mar, não sentiu curiosidade.

Passou a mão pela minha cabeça e disse:

— Você é um Menino diferente.

E disse:

— Você apesar de tão pequeno tem um jeito de adulto.

Eram de seda fina os cordões que a fatalidade cuspia devagar e certa: minha Mãe e o seu Moço foram apanhados por aquele laço. Que penas de grandes asas eu arrancara sem poder?

Aquilo me escapava, ali eu não tinha direito nem voz, acontecia sem minha intervenção — eu fora traído.

Como sempre eu notava mais que as outras pessoas e mais sabia, pois meu ouvido era apurado para o que os outros preferiam evitar. Elas levantavam um pouco o rosto, diziam:

— Que foi isso?

— Não foi nada, foi só clarão de um farol de automóvel passando na rua.

Ou:

— Que barulho foi esse?

— Não é nada, é um rádio tocando no vizinho, é a televisão ligada, é o vento. Parecia uma voz, mas não é nada.

E assim, sossegavam.

Mas eu, eu sofro tudo na carne, todo o real por detrás: e o que agora ali se dava seria para sempre, e muitos haveriam de sofrer.

Sem que ninguém me visse eu assistia: estando cada um de um lado da sala eles se tocavam, mesmo em cantos diferentes da casa se olhavam. E quando estavam próximos, por um segundo os belos olhos de minha Mãe fitavam os braços fortes e quase lisos do Moço, e demoravam-se em sua boca amorosa.

Mesmo que em alguns momentos ficasse muito séria como se refletisse em gravíssimas decisões e inevitáveis sofrimentos, ela desabrochava; na presença dele abria-se em flor. Embora falassem apenas assuntos banais quando havia gente perto, nunca o riso dela fora tão pronto e natural; nunca andara tão ereta, nunca eu a vira tão jovem.

Era como se tivessem removido dela uma superfície dura, uma película que a limitasse, que lhe tirasse um movimento fluido — agora liberado.

Estava mais bela do que nunca — e nessa nova forma distanciava-se de mim.

Quando ela já quase nem conferia se eu tomava remédio e se comia, e quando minha irmã, ameaçada de despencar do seu próprio sonho, balançava entre incredulidade e horror, resolvi colocar as coisas em ordem.

Pois eu sou o narrador.

(*Porém pode acontecer que dos espaços inocentes brotem formas que multiplicam os significados e tomam a si as decisões: não percebi isso, eu estava cego. Dei os nós mas não podia prever que alguns deles nem o Demônio poderia desatar.*)

O ponto cego é onde a gente pode sempre dizer: não.
O ponto mais cego é onde a gente não sabe quem disse não primeiro.

Quando tudo se aquieta na casa eu ando, eu espreito e espio.

No quarto do Moço a cama está vazia.

Em minhas andanças não entro no quarto de meus pais. Apenas enfio a cara no vão da porta que entreabro com cuidado: dormem vestidos e apartados. Ou minha Mãe nem dorme, deixa o pensamento escorrer da cama e rolar pelo assoalho e passar embaixo das portas e seguir pelo corredor até aquele outro quarto, onde nem tudo está apaziguado e frio?

No quarto de minha irmã os corpos nus se agitam e gemem e as peles rebrilham num suor macio na claridade fraca dos relâmpagos, que fora da janela anunciam: vai chover, há de chover em breve.

•

Eu, o Anão, eu, o Gnomo, eu o que persegue as mais remotas possibilidades e ouve até mesmo o roçar das peles na noite, eu que assino e confirmo as minhas escolhas com minha caneta dourada — eu decidi.

E me custou muito, e me rasgou. Tanto me doeu o que acontecia e tanto me atormentou o que estava por vir, que um dia tirei de baixo da cama os meus confidentes famintos e insidiosos, derramei tudo no assoalho e esmaguei um a um com os pés.

E se contorciam feito loucos e sua vida espirrou deles como talvez a minha um dia vá espirrar de mim, quando minha pele rachar. Porque eu dera ordens ao tempo mas ele não me obedecia direito, algo escorrera das bordas, incontrolável: as mutações que eu sofria e as vozes que ouvia me ameaçavam por toda parte.

E aí, com os pés sujos daquela gosma, eu mais uma vez decidi e disse: *sim*.

Eu sou aquele que diz *sim* ao *não*.

•

Acordei no meio da noite com a chuva e o trovão. Choveu muito, choveu forte, toda a noite choveu, todo o dia, e na madrugada seguinte ainda chovia. Quando parou de chover ainda se ouvia um bramido mas era do Riacho que virava rio, fundo e traiçoeiro e cheio de buracos enganosos.

Nessas noites de chuva eu durmo bem, durmo profundamente e fico em paz.

•

Dizem que ele teve insônia e foi passear sozinho pelo jardim ainda cheio de barro de toda aquela chuva; depois saiu pelo portão e se meteu no campo; depois andou e andou e chegou na beira do Riacho onde o Renegado palitava os dentes e bufava.

E o Moço nunca mais foi visto com vida nem inteiro nem com a pele morena nem com os braços quase lisos nem com a boca de amores. Mas também não o encontraram com os olhos comidos de peixes.

Ele simplesmente desapareceu.

Ninguém sabia, ninguém entendia, ninguém ouvira passos nem gritos nem suspiro final.

Mas eu sabia de tudo: no sono, no sonho, ouvi o rumor dos cascos impacientes, o rufar das asas fatais, o relincho que se anunciava, o destino cavalgando a rara montaria.

(*Eu armei os emaranhados tremendos e dei os nós, eu finalmente disse sim aos meus perversos desejos.*)

•

Por muitos dias ouviu-se o choro de minha irmã como se lhe arrancassem as tripas. Aquela fonte amarga nunca mais ia secar, ia se transformar em outro riacho envenenado sem desembocadura, sem mar que o aliviasse.

Até que eu gostava dela, da filha substituta, tão adoçada, que adorava o Moço e nele queria se libertar do Pai. Mas alguém sempre tem de ser sacrificado.

Gente veio e se foi, procuraram, reviraram, chamaram, mandaram investigar e revolver. O Moço se dissolvera nas águas? Fora levado para o fundo de um mar?

Como não o encontrassem, afinal voltamos para a cidade. Minha Mãe quase não saía do quarto da filha. Sentava-se ao lado segurando a mão. Quando andava pela casa tinha jeito de quem também houvesse ido embora. Agora eu estava completamente abandonado. Falido, falhado.

(*O que eu escreveria com fezes na parede, se fosse um anjo doente?*)

•

Embora não se comprovasse a morte daquele Moço, saindo desse torpor minha irmã vestia preto como se viúva fosse. E não dizia nada, e suspirava tanto, e não comia. Meu Pai não ousava tocar seu braço, nem conseguia saborear o alívio pois a tristeza pela filha o corroía, seu hálito de bebida era forte e ele caminhava em seu quarto tarde da noite.

Minha Mãe e ele não se falaram nem uma só vez que eu visse.

Ninguém tinha tempo para cuidar de mim, da vista fatigada, do passo curto, das alterações cada vez mais evidentes. Para mim nada fora resolvido. Talvez eu tivesse tomado a decisão errada, dizendo *sim* quando devia ter dito *não*.

Minha irmã viajou para longe ainda vestida de viúva, e não usava luto apenas por si mesma: também vestia preto por nossa Mãe, pela suspeita terrível, pela vida mais que pela morte. Meu Pai a quis acompanhar mas ela lhe disse *não*, gritou bem alto e se ouvia pela casa e na rua:

— *Não*! Você não vem comigo, não! Me deixa! Me deixa!

E ele pela primeira vez controlou a voz e não encarou de frente, e se curvou — como tivera de render-se à morte muitos anos antes, quando mesmo destruindo, queimando e rasgando o que sobrara, precisara espremer o insuportável dentro de todos os seus ossos, do olho arrancado no acesso de dor, para ver só a metade da dura vida.

Minha Mãe ocupava-se desenredando os fios todos da sua decisão. Fazia sua contabilidade, ponderava e avaliava o peso dos pagamentos que já fizera, doloridas prestações de tempo, vida e esperança. Falava muito ao telefone quando meu Pai saía. Nunca mais foi ao escritório, descuidava da casa e da minha Avó internada.

De mim, estava cada vez mais distraída.

•

Algum tempo depois ela foi embora.

Foi tão singelamente como se essa partida fosse apenas uma etapa de uma viagem há muito iniciada, mais uma estação onde se troca de trem.

Eu não soube de nenhuma despedida. Nem um bilhete para mim, nem uma carta. Telefonemas a meu Pai, sim, algum aviso para darem à minha irmã quando voltasse, mas para mim, nada.

Meu Pai ficou feito doido, botou meio mundo à procura dela, chegou a interrogar minha Avó na clínica, mas a velha menina, levantando no ar um dedo ossudo, só repetia:

— Você está escutando os grilos?

E lhe pedia que por favor, não sentasse em cima do bebê.

Aos poucos ele foi-se acalmando — ou fingindo que. Acho que na sua cabeça minha Mãe voltaria, em breve ou algum dia, pois ele não podia imaginar que, tão submissa sempre, tivesse rompido o cabresto e disparado pela vida num caminho só dela.

Minha irmã um dia retornou sem o luto, mais fria, mais dura, e assumiu muito trabalho na empresa. À noite ficava sentada sem dormir diante da janela: ainda esperando, ainda querendo entender — a nossa Mãe e aquele Moço........?

Meu Pai a recebeu com um presente embrulhado numa

grande fita. Dentro uma caixa de papelão com furinhos. Estiquei o pescoço fino e enrugado, ansioso para ver: ele teria a idéia de presentear a filha com os vermes que morrem urdindo suas maravilhosas sedas?

Mas era um gato. Um gatinho ruivo que agora anda sempre junto dos calcanhares dela. Sua nova dona não pareceu se enternecer, mas aceitou o bicho: uma menina com seu gato à noite no quarto, ele enroscado aos pés da cama, ela dobrada sobre a sua solidão.

Todos fazíamos de conta que nada tinha acontecido, mas isso nem era novidade. O Moço ter morrido ou não, isso deixou de interessar, foi varrido e metido em muitas frestas de silêncio e mentira.

Tio Nando começou a freqüentar mais nossa casa: os fracassos e as desgraças o tornavam agora um de nós, um a mais. A gente fingia que a Mãe apenas viajara, estava descansando — meu Pai dizia.

Mas os meses se arrastam e sei que ela não vai voltar. Nunca me deu um telefonema, nunca escreveu, ou meu Pai não me deixou saber de nada disso, e minha irmã vive como se nunca tivesse tido mãe. Nem retratos dela existem mais pela casa, alguém recolheu tudo. Só eu tenho alguns escondidos no quarto, mas sei que um dia não vou mais lembrar direito do cheiro dela, da voz, das mãos, do jeito de andar, nada.

•

No começo chorei um grande pranto. Fiz muita cena, não dormia nem comia, gritava, queria saber onde ela estava e quando voltaria, queria minha Mãe. Ninguém me fazia um carinho, ninguém jogava comigo.

As Tias vinham todo dia cuidar de mim, me enchiam de agrados, me consolavam — me fazia bem chorar escutando seus passinhos ao redor da cama: alguém se importava, alguém cuidava de mim outra vez. Mas não era a mesma coisa, não era o mesmo colo, não eram o perfume e a bondade dela.

— Viajou — disse meu Pai — e não adianta chorar. Ela estava exausta, esse drama de sua irmã a desgastou, entenda isso. Estava mesmo precisada desse descanso, ela trabalha demais. Quando você menos esperar ela volta. Afinal, aqui é a sua casa.

Mas eu sabia que não era, não era mais. Ela agora habitava em si mesma, para dentro de si mesma viajara.

(*O Moço afinal tinha morrido?*)

Meu pai concluiu, furando-me com seus dois olhos azuis, a agressividade de quem sente o chão pantanoso mover-se sob seus pés:

— E pode acabar com essa manha, pode esquecer os seus ataques que não me impressionam nem um pouco. Ela volta. E afinal, você não é mais um bebê. Quando vai crescer de uma vez? — acrescentou.

E afastou-se sem ao menos passar a mão na minha cabeça.

Senti o terror de estar reduzido à presença dele, agora meu verdugo, eu, seu único objeto de dominação.

Talvez não crescendo eu o consiga punir à minha maneira, pois ele terá para sempre o desgosto deste filho esturricado.

Ou, se voltar a crescer, eu o poderei enfrentar com meus dois olhos legítimos e o tempo submetido?

•

Mas a verdade é que em algum momento meu passo falhou; se tive dons eu os confundi, apertei botões errados, desestruturei o que pretendia construir.

Eu, que me julguei único dono dos segredos, senhor da pedra de onde o Diabo se mira e ri sozinho, eu, que alforriei minha Mãe para que ela finalmente tivesse a sua vida — eu não fiz parte dessa sua escolha: isso eu não soube prever.

Perdi o controle sobre minhas histórias, como se agora elas me inventassem, mais competentes do que eu.

Também não pude prever o desequilíbrio do tempo no meu relógio, os ponteiros girando ao contrário ou mais depressa, para lá, para cá. Nem consegui calcular os preços que todos pagaríamos, porque a gente sempre tem de pagar por suas escolhas ou suas maquinações.

•

No espelho no fundo do corredor vem caminhando com passinhos curtos um vulto parecido com minha Avó, ainda menor que ela: corpo mirrado, olhos de pássaro, nariz adunco. Está quase calvo.

Sou eu.

Sou eu esse que aí vem apoiado no braço de uma das Tias! Mas não tenho o ar de espantada felicidade que minha Avó agora assumiu.

Falam em contratar também uma enfermeira para tomar conta de mim, pois do jeito que estou dou muito trabalho, preciso de exercícios especiais, de apanhar um pouco de sol na sacada com a manta de lã nos joelhos. Preciso que leiam histórias para mim também, pois minha visão está cada dia pior.

Médicos me visitam, anotam, trocam olhares e inquietações. Um caso muito complicado. Eu, que sempre fui insignificante, eu, o temporão, eu, o estrangeiro — o que despertava compaixão ou perplexidade — agora sou tão singular?

O que vai ser de mim? Quem vai me dar colo de Mãe, quem vai me confortar e manter afastados os horrores todos?

As Tias cacarejam ao meu redor, excitadas com a importância que de repente assumiram cuidando de mim, raro caso de desarrumação do tempo.

Minha irmã já nem me chama de boboca; quando não consegue evitar de passar por mim, me encara com frio horror, com impaciência: até quando estarei por aqui assombrando as vidas deles?

Meu Pai, quando olha para mim, rapidamente, é com um ar acusatório — como se eu tivesse algo a ver com toda a sua longa lista de perdas, desde tão antes de eu nascer; com o desmoronamento de sua ordem, e com a sentença perpétua que caiu sobre ele.

•

Estou cansado demais para chorar.

As engrenagens que pus em movimento assumiram o seu ritmo fora do meu controle e compreensão. Sentaram-se na direção da máquina e ficam moendo, moendo, riem feito loucas: se eu meter o dedo ali mais uma vez, serei estraçalhado.

Não posso agora dizer *não* e crescer normalmente, e ser um menino e um rapaz e um homem e ter uma vida e depois morrer?

Impossível narrar melhor, pois estou sendo desmontado, desenrolado, destronado e relatado como jamais pensei. Se eu pudesse apagaria esta história e começaria a sair da minha pele, nascendo mais uma vez como fazem os bichos-da-seda depois de cada sono. Mas não diviso a saída nem tenho mais forças.

Para sempre fico aqui, para sempre o Menino sem sua Mãe.

Examino bem de perto as mãozinhas engelhadas que deram os nós errados, cobertas de manchas como as de minha Avó. A pele está seca: o tempo se deposita nela como uma fina poeira de cinza e morte.

•

Cochilei e sonhei com o cavalo cor-de-mel postado sobre aquela pedra que sai das águas noturnas: nunca mais vi nem escutei seu vôo, pois não retornamos ao sítio, que meu Pai fala em vender.

E a gente não pode inventar um cavalo num jardim na cidade.

(*Ou pode?*)

Acordo confuso: continuo ouvindo o vento do mar que soprava no meu sonho. Por um momento não sei se estou sentado na varanda do sítio ou no terraço da cidade. A voz das ondas permanece em meus ouvidos, o cheiro de maresia não se desfaz.

Talvez seja apenas o ruído do tráfego fora dos muros, o áspero cheiro de combustíveis queimados e da aflição humana. Ou é o rumor e o odor de meu pobre corpo que desmancha e se desfaz sem salvação?

Transformado, serei mais um personagem atrás das portas à espera de que alguém — um gato dourado? um príncipe? — me descubra e me invoque e me reconduza.

•

Minha Mãe, a que mais me interessava, a que realmente algum dia me amou e me foi tirada, a que procurava por mim mas se perdeu de mim na voragem, minha Mãe com audácia e dor se buscou e se achou, e se recusou a continuar pagando o injusto preço.

E foi viver a sua história.

Ela ao menos se salvou no chamado da vida.

Ela finalmente para si mesma disse:

Sim.